Erntedank

tatort

Dieses Buch ist ein Roman. Handlungen und Personen sind frei erfunden. Ähnlichkeiten mit lebenden oder toten Personen sind rein zufällig.

tatort

# Erntedank

Kriminalroman
von Hannes Nygaard
nach einem Drehbuch von
Angelina Maccarone

emons:

Mix
Produktgruppe aus vorbildlich bewirtschafteten Wäldern und anderen kontrollierten Herkünften
www.fsc.org Zert.-Nr. GFA-COC-001223
© 1996 Forest Stewardship Council


Agentur: WDR mediagroup licensing GmbH
Kriminalroman nach der gleichnamigen ARD-Serie »Tatort«
ARD-Tatort-Koordinator: Prof. Gebhard Henke,
Leiter des WDR-Programmbereiches Film, Kino und Serie
Tatort-Drehbuchautorin: Angelina Maccarone nach einer Idee
von Maria Furtwängler
Umschlagfoto: Christine Schröder
Umschlaggestaltung: Weusthoff-Noël, Hamburg (www.wnkd.de)
Druck und Bindung: CPI – Clausen & Bosse, Leck
Printed in Germany 2010
ISBN 978-3-89705-659-6

Wir bedanken uns bei der Redaktion des Norddeutschen
Rundfunks für die freundliche Unterstützung.

Die Titelabbildung zeigt Maria Furtwängler als Hauptkommissarin
Charlotte Lindholm und Tarik Can Bas als David Lindholm.

# EINS

Im Theater stört es – das Hüsteln, das Knistern mit dem Bonbonpapier. Man registriert das Zuraunen eines geflüsterten Kommentars, das Ächzen eines gequälten Sessels, wenn sich ein Übergewicht darin bewegt. In der Kirche werden das Knarren der Bänke, das Tuscheln mit dem Nachbarn durch das Aufbrausen der Orgel überdeckt. In die andächtige Stille danach mischt sich jedoch das Rascheln beim Blättern im Gesangbuch.

Wer den Ort der Ruhe sucht, findet ihn in einer Bibliothek, dem Platz, an dem das Gebot der absoluten Stille herrscht.

Charlotte Lindholm stützte ihren Kopf in die rechte Hand; die schulterlangen blonden Haare umspielten ihr Gesicht. Konzentriert las sie in dem vor ihr liegenden Werk »Neuropsychologie – Gehirn und Gedächtnis«, dessen Cover die unendlichen Windungen des menschlichen Hirns zeigte. Helles Tageslicht fiel auf die weiteren Bücher zum Thema, die sie ausgewählt und vor sich auf einem Stapel liegen hatte.

Endlich fand sie einmal Zeit, sich solchen Fragen zu widmen. Seitdem sie als Quereinsteigerin bei der Polizei tätig war, hatte sie wenig Gelegenheit, ihren privaten Interessen nachzugehen, schon gar nicht, seit sie ins Landeskriminalamt Hannover versetzt worden war. Die kleine, notorisch unterbesetzte Abteilung, für die sie tätig war, war für Ermittlungen im ganzen Land zuständig. Und Niedersachsen war groß, vom Nordwesten an der holländischen Grenze bis zu jenem Zipfel im Osten, den die massiven Proteste gegen die Atomtransporte bundesweit bekannt gemacht hatten. Die Nord-Süd-Ausdehnung reichte immerhin von der Nordsee bis kurz vor Kassel, das fast als geografische Mitte Deutschlands galt. Ihre Arbeit hatte Charlotte im Land herumgeführt, vornehmlich in kleineren Orten, auf dem »platten Land«, war sie tätig gewesen.

Diese ruhigen Minuten in der Bibliothek wären ihr allerdings nicht vergönnt gewesen, hätte sie nicht eine Zwangspause einlegen müssen. Es war freilich ein wunderbarer Grund, der sie von der Arbeit abhielt; er hieß David und war wenige Wochen alt.

Charlotte war so vertieft, dass sie die wenigen anderen Besucher nicht wahrnahm, die sich auf der Galerie der Technischen Informationsbibliothek Hannover bewegten. Sie machte sich Notizen zum Thema Gedächtnis und Erinnerung, als plötzlich durchdringendes Babygeschrei den Raum erfüllte.

Zwei Besucher traten überrascht über dieses ungewöhnliche Geräusch ans Geländer, während Charlotte aufsprang, das Buch, in dem sie gelesen hatte, wie eine Beute fest an den Körper presste und zu dem etwas abseits abgestellten blauen Tragegestell eilte, in dem David mit heftig strampelnden Armen und Beinen lautstark seinen Unmut kundtat.

Sie beugte sich über ihn. »Ach, mein Schätzchen …«, schmeichelte sie leise und nahm ihn hoch. Sie legte David an ihre Schulter, schmiegte das kleine Köpfchen gegen ihre Wange und stützte den hilflos zuckenden Körper mit der linken Hand ab.

»… die Mama ist ja da«, raunte sie dem kleinen Wesen beruhigend zu und hielt dann mütterlichem Instinkt folgend die Nase witternd in die Luft.

»Oh, oh, oh, verstehe. Okay, das haben wir gleich. Ja, mein Liebling.«

Sie ging zu einem nahen Tisch, schob mit der freien

Hand einen Bücherstapel zur Seite und breitete routiniert die Wickeldecke aus. Gerade als sie David vorsichtig ablegte, tauchte eine Bibliothekarin aus dem Hintergrund auf, räumte ostentativ das Buch, in dem Charlotte fündig geworden war, zur Seite und maß sie mit einem vorwurfsvollen Blick.

»Moment, ich bin mitten in der Arbeit«, sagte Charlotte mit Blick auf das Buch.

»Das geht nicht«, zischte die Angestellte in berufsmäßigem Flüsterton und schüttelte missbilligend den Kopf.

»Ist doch nur ein kleines Malheur. Das haben wir gleich.« Charlotte lächelte die Frau beschwichtigend an. »Er hört sofort auf zu weinen.«

Sie zog eine Windel hervor und wedelte damit sanft vor Davids Gesicht hin und her. »Schau mal, da hat die Mama 'ne frische Windel.« Ihr Lächeln übertrug sich auf ihn, wirkte beruhigend, und er dankte es ihr mit einem strahlenden Lachen.

»Sehen Sie?« Charlotte sah die Bibliothekarin an, die erneut den Kopf schüttelte. »Herrgott, wo ist Ihr Problem?«, fragte sie dann genervt.

Die Frau sammelte die Bücher ein und war im Begriff, den Stapel fortzutragen. »Sie stören die anderen, die hier ernsthaft studieren wollen.« Sie schaffte es, alle Vorwürfe der Welt in diesen einen Satz zu legen. Dann entschwand sie mitsamt den Büchern.

Charlotte erledigte das »kleine Malheur« und kramte anschließend ihre Sachen zusammen. Mit geübtem Griff trug sie den Kindertragekorb zum Auto, sicherte ihn, verstaute ihre Sachen und machte sich auf den Heimweg. Während der kurzen Fahrt hörte sie vom Rücksitz das zufriedene Plappern des Kleinen.

Es war eine ungewohnte Situation für sie. Wie Charlotte in ihrem Job als notorische Einzelgängerin tätig war, so hielt sie es in ihrem Privatleben, sofern es überhaupt eins gab. Auch in der Erziehung des Kindes war sie »Einzelkämpferin« und schwieg sich gegenüber Dritten über den Vater ihres Sohnes aus. Seit dem Fehler, wie sie es heute nannte, mit achtzehn einen deutlich älteren Mann zu heiraten und sich nach zwei Jahren wieder von ihm scheiden zu lassen, da er es mit der ehelichen Treue nicht so genau genommen hatte, war ihr wenig Glück in Sachen Partnerschaft beschieden gewesen. Kurze Affären hatten ihr Privatleben bestimmt, ohne dass ein bleibender Eindruck geblieben wäre. Mit Ausnahme ihrer Mutter hatte sie nur wenige tiefe emotionale Beziehungen zu anderen Menschen aufgebaut. Und jetzt saß hinter ihr ein Wesen, das sie unter ihrem Herzen getragen hatte, dem man nicht näher sein konnte, als es eine Mutter ihrem Kind war.

Charlotte durchströmte ein warmes Glücksgefühl, als sie sich dessen bewusst wurde. Mit einem Lächeln auf den Lippen nickte sie einem anderen Autofahrer zu, der sich auf der Spur neben ihr über die Hamburger Allee quälte, im Stop-and-go den neuralgischen Punkt auf der »Rückseite« des Hauptbahnhofs zu überwinden suchte. Charlotte hatte nie verstanden, weshalb es den Verkehrsplanern bis heute nicht gelungen war, eine vernünftige Alternative für diese ewig verstopfte so wichtige Nord-Süd-Achse zu finden.

Sie fädelte sich auf die rechte Spur ein, bog in den Schiffgraben ab, unterquerte die Eisenbahn und atmete tief durch, als der Verkehr auf der Hildesheimer Straße wieder zügiger floss. Nun war es nicht mehr weit bis zur ihrer Wohnung in der Südstadt.

Zu Hause fand sie Martin Felser in der geräumigen Wohnküche beim Kochen. Mit Martin, dem Kriminalschriftsteller, teilte sie sich seit Langem die großzügige Wohnung, ohne dass sie ein Paar waren. Sie hatte den skurril-sympathischen Eigenbrötler während des Germanistikstudiums an der Universität kennen- und als Freund schätzen gelernt, ohne ihn ihm jemals den »Mann« gesehen zu haben. Martin war ein verlässlicher und liebenswerter Mensch, und so war es Charlotte nicht schwergefallen, sein Angebot anzunehmen, als sie nach Beendigung ihrer Ausbildung bei der Polizei in Hannover eine Bleibe suchte. Seitdem ergänzten sie sich in ihrer Wohngemeinschaft, und Charlotte hatte sich längst daran gewöhnt, dass Martin immer wieder bemüht war, Ordnung in ihr Leben zu bringen. Er putzte die Wohnung, kaufte ein, kochte gern … Eigentlich war er der ideale Partner. Aber eben nur eigentlich.

Charlotte warf wütend den Bücherstapel auf den Küchentisch, nachdem sie Martin von ihrer Begegnung mit der wenig kinderfreundlichen Bibliothekarin berichtet hatte. Ihre Mutter, die häufig und so auch heute zu Besuch war, hatte ihr David abgenommen und trug ihn auf dem Arm herum.

»Studiere ich etwa nicht ernsthaft, nur weil ich Mutter bin?«, schimpfte Charlotte.

Martin beugte sich über die Töpfe, hob einen Deckel in die Höhe, stippte den Kochlöffel hinein und probierte vorsichtig den Brei aus Kartoffeln und Karotten. »Du kannst David doch bei mir lassen, wenn du in die Bibliothek gehst.«

»Es war bisher überhaupt kein Problem, ihn da mit hinzunehmen. Er schläft sowieso mittags«, erwiderte Charlotte und kramte in ihrer Büchertasche. Sie wurde durch ihre Mutter abgelenkt, die den kleinen David sanft an sich drückte und in merkwürdigen Lauten auf ihn einredete.

Charlotte runzelte die Stirn. »Was macht sie da?«

Martin war an den Tisch herangetreten und half ihr, die Bücher zur Seite zu räumen. »Sie spricht Chinesisch.«

»Chinesisch?«, fragte Charlotte erstaunt.

»Die Sprache der Zukunft.«

Beide sahen Annemarie mit dem ruhigen Kind auf dem Arm nach.

»Jedenfalls ist die Umgebung beim Schlafen ungemein prägend«, dozierte Martin, während er begann, den Tisch zu decken.

Charlotte tauchte ihren Finger in den Kochtopf, leckte ihn ab und sagte mit vollem Mund: »Du warst wieder im Mütter-Chat.« Dann half sie Martin beim Tischdecken. Jeder wusste, welche Handbewegung zu erledigen war, es war ein vertrautes Ritual.

»Und da steht«, erklärte Martin weiter, »dass Kinder die ungeteilte Aufmerksamkeit brauchen, um sich optimal entwickeln zu können.«

»Soll ich ihm beim Schlafen zusehen?«, fragte Charlotte mit leicht ironischem Unterton, während sie die Butter aus dem Kühlschrank nahm und zur Arbeitsfläche trug.

Martin zupfte die Tischsets gerade. »David merkt doch, wenn du dich den ganzen Tag mit Gehirnhälften und Frontallappen beschäftigst.«

»Du, da hab ich übrigens heute etwas ganz Spannendes gelesen. Wenn du dich an etwas erinnerst, was siehst du da?«

»Na ja, es kommt drauf an, an was«, erwiderte Martin und vollführte eine alles umfassende Geste.

Charlotte füllte etwas aus dem Topf, in dem Martin das Essen für das Baby zubereitet hatte, ab und probierte es, dann stach sie mit dem Löffel in seine Richtung. »Davids Geburt zum Beispiel.«

Natürlich hatte Martin ihr auch bei Davids Geburt zur Seite gestanden und war mit im Kreißsaal gewesen. Arzt und Hebamme hatten ihn für den Vater gehalten, als er bei ihr am Kopfende gesessen, ihr die Hand gehalten, beruhigend auf sie eingeredet hatte. Niemand, der sie gesehen hatte, hätte daran gezweifelt, dass sie ein Paar waren. Charlotte hatte die kurze, aber heftige Liaison mit dem geschiedenen Staatssekretär niemandem außer Martin offenbart.

Martin lehnte sich gegen die Anrichte, schloss die Augen, um sich zu erinnern und das Bild erneut aufzurufen. »Nicht an besonders viel. Ich bin in Ohnmacht gefallen«, antwortete er nach ein paar Sekunden.

»Und was siehst du genau?«, fragte Charlotte gespannt.

»Ich sehe den langen Gang im Krankenhaus. Ich sehe dich, wie du zum Kreißsaal geschoben wirst, und dann mich, wie mir die Beine wegklappen.«

Charlotte sah ihn interessiert an. »Du siehst dich also selber in dem Bild?«

»Natürlich. Wie sich die Hebamme plötzlich um mich kümmert, anstatt dich zum Kreißsaal zu bringen.«

»Dass du dich selbst siehst, heißt, dass du dir das, was gewesen ist, *vorstellst*.«

»Das heißt, ich bin gar nicht in Ohnmacht gefallen?«

»Doch, aber es ist eben kein Abbild der Realität. Erinnern funktioniert so.«

Martin sah sie nachdenklich an.

***

Charlotte hätte die Babypause noch in Ruhe genießen und sich ausschließlich dem kleinen David widmen können, aber trotz aller Verantwortung für das Kind, die sie in sich spürte und die ihr keine Last war, keimte in ihr Tatendrang auf, der Wunsch, ihrem geliebten Beruf wieder nachzugehen. Sie war Polizistin aus Leidenschaft, ebenso wie sie eine liebevolle Mutter war, obwohl sie sich manchmal nicht sicher war, ob Martin sich nicht mindestens genauso in der Mutterrolle sah wie sie …

Immer wieder rief sie sich in Erinnerung, was sie sich während ihres Studiums der Neuropsychologie zum Thema Gedächtnis und Erinnerung an Wissen angeeignet hatte. Schließlich ließ es ihr keine Ruhe. Sie machte den kleinen David reisefertig und fuhr ins Landeskriminalamt in die Schützenstraße. Auch wenn der verschachtelte Zweckbau, in dem die rund eintausend Mitarbeiter untergebracht waren, vor noch nicht einmal zehn Jahren bezogen worden war, plante man heute bereits wieder eine neue Lösung an einem anderen Standort, über den man aber noch nachdachte.

Wenig später saß sie Kriminaldirektor Stefan Bitomsky in dessen Büro gegenüber, ihren Sohn auf dem Schoß, der friedlich an seinem Nuckel lutschte. Charlotte fand keine Zeit, die Aussicht auf den Welfenplatz in Bitomskys Rücken zu genießen, dem ehemaligen Militärgelände, das heute als kleiner Park diente. Sie trug ihrem Vorgesetzten ihre neu gewonnenen Erkenntnisse vor.

»Und das macht es für unsere Zeugenaussagen so spannend. Wir können den Zeugen helfen, sich das, was sie gesehen haben, wieder vorzustellen!«, schloss sie ihre fast leidenschaftliche Erläuterung.

Bitomsky schien ihr nur mit halbem Ohr zugehört zu haben. Er hatte die Flaggen, die auf seinem Schreibtisch standen, zu einem Kreis angeordnet und spielte mit der kanadischen. Charlotte wusste um seine Eigenart, sich eine Miniaturflagge jedes Landes, in dem er schon einmal gewandert war, auf den Schreibtisch zu stellen.

»Hmm. Interessant«, murmelte er mehr zu sich selbst.

Charlotte ließ sich von seiner Geistesabwesenheit nicht in ihrem Eifer bremsen.

»Dann verschaff ich mir also mal einen Überblick über die aktuellen Fälle.«

Bitomsky, plötzlich wieder hellwach, wies mit der Hand auf David.

»Aber Sie machen sich schon klar, was das bedeutet, wenn Sie frühzeitig in den Dienst zurückkehren.«

Sie wurden durch ein zaghaftes Klopfen an der Bürotür unterbrochen.

»Bitte«, rief Bitomsky, während Charlotte ihrem kleinen Sohn spielerisch die Wange tätschelte. »Sie kennen ja den Laden hier, Überstunden, Nachtschichten, keine Wochenenden et cetera«, fuhr er fort und sah der Mitarbeiterin entgegen, die das Büro betreten hatte und Charlotte erstaunt ansah.

»Tag«, grüßte die Frau zurückhaltend.

»Tag«, erwiderte Charlotte.

Die Frau überreichte Bitomsky einen blauen Aktenordner, den er mit einem flüchtigen »Danke« auf den Schreibtisch legte.

Die Kollegin beugte sich interessiert zu David herab. »Die Kleine kommt wohl auf den Papa?«

»*Die Kleine* ist ein Junge«, erwiderte Charlotte und fuhr fort, David sanft die Wange zu streicheln.

»Mit schwarzen Haaren.« Der Frau war das Erstaunen anzumerken, als sie zunächst das Kind, dann Charlottes blonde Haare betrachtete.

»Ja, danke, Frau Schmidt-Rohrbach«, machte sich Bitomsky bemerkbar und erntete einen missbilligenden Blick seiner Mitarbeiterin, die mit einem Achselzucken das Büro verließ.

»Niedlich«, sagte Bitomsky.

Als er Charlottes fragendes Stirnrunzeln bemerkte, nickte er in Davids Richtung und ergänzte lächelnd: »Der Wurm.«

»Ich dachte, ich arbeite erst mal halbtags«, erklärte Charlotte bestimmt.

Bitomsky zog eine Augenbraue in die Höhe. »Als was?«

»Als Kriminalhauptkommissarin.«

»Natürlich!«, gab Bitomsky sarkastisch zurück, während er desinteressiert in dem Aktenordner blätterte, den Frau Schmidt-Rohrbach hereingebracht hatte. »Dann bearbeiten Sie die halben Fälle. Mit den Halbverdächtigen und den halben Leichen.«

***

Charlotte hatte sich durchgesetzt. Bitomsky war ihrer Bitte zwar nur widerwillig gefolgt, hatte ihr aber gestattet, zumindest teilweise wieder an der Ermittlungsarbeit teilzunehmen.

Martin zeigte sich darüber wenig begeistert. Er war der Auffassung, dass das erste Jahr für ein Kind von besonderer Bedeutung sei, und hielt es für besser, wenn Charlotte zu Hause bliebe.

»Und ich glaube, dass es sich eher negativ auf die Psyche eines Kindes auswirkt, wenn es ständig eine unterforderte Mutter um sich hat«, hatte sie argumentiert.

Irgendwann hatte Martin eingesehen, dass er sie nicht umstimmen konnte, und vorgeschlagen, zu dritt in die Kleingartenkolonie zu fahren, in der man ihm vor Kurzem eine Parzelle zugeteilt hatte. Er war der Überzeugung, die Abwechslung an diesem idyllischen Fleckchen Erde würde allen guttun. Charlotte hatte die Vorstellung zunächst gar nicht behagt, schließlich aber hatte sie doch zugestimmt. Abwechslung tat tatsächlich oft gut. Jetzt saß sie am Steuer, während Martin, umgeben von vollgepackten Taschen mit Camping- und Kinderzubehör, neben dem Kindersitz auf der Rückbank kauerte.

»Da vorne gleich rechts«, erklärte er. »Da sind auch Parkplätze.«

Aus der Einfahrt, auf die Martin wies, bog ein Rettungswagen ohne Blaulicht ab, dem ein Streifenwagen folgte. Charlotte musste von dem schmalen Weg auf die Grasnarbe ausweichen.

»Ich setz dich eh nur ab«, neckte sie ihn. Sie mochte es, Martin ein bisschen auf die Schippe zu nehmen. Er sprang wie immer prompt darauf an. Sie spürte, wie sich seine Hand auf ihre Schulter legte.

»Du wirst sehen, es ist herrlich!«, sagte er enthusiastisch.

»Eine Brutstätte übler Nachrede und hässlicher Gartenzwerge.« So schnell würde sie sich nicht von ihren lieb gewonnenen Vorurteilen abbringen lassen.

»Ein wunderschönes Plätzchen Erde«, schwärmte Martin.

»Ich würde sterben vor Langweile.«

Charlotte bog in die Zufahrt zur Kleingartenkolonie ab und stutzte, als sie den Leichenwagen sah, der auf dem freien Platz vor dem Vereinsheim parkte. Sie konnte sich den Gedanken nicht verkneifen: War hier womöglich tatsächlich jemand vor Langeweile gestorben?

Sie suchte einen Parkplatz, stellte den Wagen ab, holte David aus dem Kindersitz und näherte sich zögernd der Menschenansammlung, die den Leichenwagen umgab. Zwei Bestatter in Schwarz trugen eine Bahre, auf der sich ein in einem Leichensack verborgener Körper abzeichnete. Wie immer bei solchen Anlässen lag auf den Gesichtern der Menschen, die die Bestatter mit ihrer Last in einer Art Trauerzug begleiteten, eine Mischung aus Entsetzen, Ungläubigkeit und Sensationslüsternheit.

Martin, die Kühltasche am Arm und die Reisetasche mit den Kinderutensilien über die Schulter gehängt, raunte ihr leise zu: »Der da, mit der gelben Öljacke, das ist Jürgen Klose-Sanders, und die Unscheinbare neben ihm mit der großen Brille, das ist Andrea, seine Frau; die zwei sind Lehrer. Die beiden Älteren, die wie freundliche Großeltern wirken, sind Helga und Klaus Reimann. Neben ihnen stehen Herr und Frau Schröder, auch schon pensioniert.«

»Wer ist das denn?«, fragte einer der Kleingartenbesitzer und deutete auf die Bahre.

»Albrecht Leimen. Einfach umgekippt«, erklärte Frau Schröder.

Plötzlich stürzte eine Frau an Charlotte vorbei und drängte sie zur Seite. Ihr folgte wie ein Schatten ein Jugendlicher, der ganz in Schwarz gekleidet war. Das dunkel gefärbte und an den Seiten ausrasierte Haar fiel ihm wie ein Vorhang ins Gesicht, das von mehreren Piercings geziert wurde.

Charlotte sah der aparten Frau überrascht hinterher, die so gar nicht in die bieder wirkende Kleingartenatmosphäre passen wollte. Im Gegensatz zu allen anderen war bei ihr echtes Entsetzen spürbar.

»Kann ich ihn sehen?«, fragte sie die Bestatter mit erstickter Stimme und öffnete, ohne eine Antwort abzuwarten, den Reißverschluss des Leichensacks. Ein Raunen ging durch die Menge.

»Wo kommt die denn her?«, fragte Herr Schröder.

»Hast du sie etwa angerufen?« Helga Reimann wandte sich vorwurfsvoll an Andrea Klose-Sanders.

Die fasste sich erschrocken an die Brille, schob sie ein Stück die Nase hoch und ließ sie wieder an die ursprüngliche Stelle rutschen. »Nein«, sagte sie mit unsicherer Stimme.

»Ja, wer denn dann?«, fragte Helga Reimann misstrauisch.

»Ich war's nicht. Ganz bestimmt nicht«, versicherte Andrea aufgebracht. Ihr Mann mischte sich unterstützend ein: »Warum sollte sie das denn tun?«

Charlottes Aufmerksamkeit wurde durch den Bestatter abgelenkt, der laut »Nein, lassen Sie das …« sagte, aber immer noch die Bahre hielt und die Frau in der Begleitung des eigenartigen schwarz gekleideten Jugendlichen deshalb nicht daran hindern konnte, den Reißverschluss des Leichensacks so weit aufzuziehen, dass das Gesicht Albrecht Leimens sichtbar wurde. Erschrocken betrachteten die Frau und der junge Mann den Toten. Albrecht Leimen machte einen friedlichen Eindruck. Es sah aus, als schliefe er. Vorsichtig strich ihm die Frau mit beiden Händen über den Kopf.

Die Menschenmenge starrte gebannt auf das Bild, das sich ihr bot, bis sich Helga Reimann löste und auf die Frau zuging.

»Es ist wirklich schrecklich. Es tut mir so leid«, sagte sie mitfühlend und streichelte vorsichtig den Arm der Frau. Die sah Helga nur kurz an und schwieg.

»Uns allen«, ergänzte Frau Schröder laut – für Charlottes Geschmack etwas zu laut. »Es kam wie gesagt ganz plötzlich.«

Die Frau wandte sich abrupt ab, packte den jungen Mann am Ärmel und zog ihn durch eine sich bildende Gasse aus dem Kreis heraus, bevor sie wie in Trance die Kleingartenkolonie verließ.

»Mein Gott, das ist ja der Kleine«, flüsterte Andrea Klose-Sanders erschrocken, als der Jugendliche an ihr vorbeiging.

»Ja, aus Kindern werden Leute«, sagte Helga Reimann in die Runde.

Frau Schröder lachte kurz auf, verstummte jedoch sofort, als der Junge sich kurz umdrehte und sie ansah.

Charlotte wandte sich um und schaute den beiden nach, bis Martin voller Ungeduld rief: »Charlotte, kommst du bitte?« Er war mit David auf dem Arm und allen anderen Sachen beladen den Weg ein Stück weitergegangen und hatte Helga und Klaus Reimann kurz zugenickt.

Schließlich folgte Charlotte ihm und betrat hinter dem Ehepaar Schröder durch die windschiefe Pforte das Kleingartengelände.

»Was hast du dir dabei gedacht?«, hörte sie Schröders vorwurfsvolle Stimme.

»Man musste es ihr wenigstens sagen«, erwiderte seine Frau. Charlotte bemerkte ihre langen Gummihandschuhe und eine locker über die Schulter gehängte Giftspritze. Offenbar hatten sie die Ereignisse direkt von der Gartenarbeit abberufen.

Sie verzögerte ihren Schritt und sah das Ehepaar in einer Parzelle verschwinden, deren Idylle im Hintergrund von einem Hochspannungsmast empfindlich gestört wurde. Zwei gemauerte Pfosten mit Kugeln in einem kitschigen Blau als Abschluss erschreckten Charlotte ebenso wie die Ansammlung von Gartenzwergen, Leuchttürmen, Plastiksonnen und anderem Nippes, den sie selbst nie in ihrer Nähe geduldet hätte.

Ein Dobermann näherte sich aus dem Hintergrund, als Charlotte an die Gartenpforte trat, und richtete sich bedrohlich auf, indem er seine Vorderläufe auf die Oberseite des Tors legte.

Schröder stapfte in seinen Gummistiefeln in den hinteren Bereich der Parzelle, während seine Frau ihre Arbeit wieder aufnahm und das Gift aus ihrer Spritze auf den Plattenweg ausbrachte.

»Das ist ja 'ne Menge Arbeit«, sagte Charlotte. »Das Unkraut ist eine echte Plage.«

»Das können Sie laut sagen. Mit Zupfen kommen Sie

da nicht gegen an. Bio hin oder her.« Frau Schröder ließ einen weiteren feinen Sprühnebel aus dem Giftbehälter über das Grün niederregnen.

Ihr Mann hatte inzwischen einen Tisch vor der Laube erreicht, nahm ein dort liegendes Gewehr in die Hand und hielt es prüfend gegen das Licht.

»Das muss ja ordentlich aussehen«, sagte Charlotte.

Frau Schröder unterbrach ihre Arbeit und näherte sich der Gartenpforte.

»Das sehen leider die wenigsten so«, sagte sie mit einem resignierend klingenden Unterton.

»Echt?«, tat Charlotte erstaunt und zeigte ein freundliches Lächeln.

Frau Schröder hatte die Grundstücksgrenze erreicht und neigte leicht den Kopf. »Sie sind neu hier?«

»Ja.« Charlotte warf einen Blick auf Herrn Schröder, der das Gewehr mit dem Schaft auf den Boden abgestellt hatte und einen Reinigungsdocht in den Lauf schob. »Mit Martin Felser«, erklärte sie dann mit einem erneuten Lächeln.

»Ach? Sie sind Frau Felser?« Frau Schröders Gesichtszüge entspannten sich. »Ihr Kleiner ist ja so ein Süßer. Ein Wonneproppen!« Sie holte tief Luft. »Ich habe mich noch gar nicht vorgestellt. Margret Schröder.«

»Freut mich«, sagte Charlotte und sah erneut zu Herrn Schröder, der die Unterhaltung an der Gartenpforte mit kritischem Blick verfolgte.

»Sagen Sie … was ist mit dem Mann da vorhin passiert?«

Margret Schröder legte den Kopf schief. »Der Albrecht? Furchtbar. Herzinfarkt. Beim Heckenschneiden.«

Charlotte hörte ein Ratschen, wie es beim Spannen eines Gewehrverschlusses entstand. Was hatte dieses Gewehr in einer Kleingartenanlage verloren? »Er war sofort tot?«, fragte sie dann.

»Mausetot«, antwortete Margret in einem Tonfall, der keinen Widerspruch duldete. »Hat man gleich gesehen, wie er da so lag.«

»Sie haben ihn gefunden?«

»Ja.« Margret Schröder zögerte einen Moment, bevor sie sich verbesserte: »Mein Mann.«

Automatisch sah Charlotte wieder zu Schröder, der immer noch misstrauisch zu ihnen blickte.

»Sagen Sie, haben Sie schon mal einen Toten gesehen?«, fragte Margret Schröder.

Charlotte holte tief Luft. Bevor sie antworten konnte, fuhr Margret fort: »Normalerweise sieht man die Toten ja nicht. Ich meine, wenn sie im Krankenhaus sterben. Bei meiner Mutter haben mir die Schwestern das damals angeboten. Nein danke, das muss ja wohl nicht sein.« Sie zuckte mit den Schultern.

»Aber seine Frau wollte Albrecht unbedingt noch sehen«, sagte Charlotte.

Margret Schröder tat erstaunt. »Ach, Sie meinen Regina Zacher. Die ist ja nicht mal seine Frau. Das war ja unmöglich. Die hat hier noch nie reingepasst. Die war sich immer viel zu fein für alles.« Sie senkte die Stimme, und Charlotte wusste, dass sie jetzt Kleingartentratsch zu hören bekäme. »Ihr Mann, der Helmut, der hat sich abgerackert für sie und den Kleinen, und dann ist sie nicht mal mit ihm mit, wie er nach Kanada ist.«

Während Margret so bereitwillig plauderte, registrierte Charlotte, dass ihr Mann zunehmend unruhiger wurde.

»Margret!«, rief er plötzlich.

Sie drehte sich zu ihm um. »Ja?«

Schröder war aufgestanden und warf unwirsch einen Lappen auf die Arbeitsplatte. »Was ist denn mit dem Tisch?«, rief er.

Margret Schröder wandte sich dem Garten zu. »Gleich,

ich spritz noch den Gehweg zu Ende.« Sie nickte Charlotte freundlich zu. »Mein Mann ist schon den ganzen Tag so. So was nimmt einen schon mit. Also, Frau Felser, herzlich willkommen.«

Charlotte holte tief Luft, sah noch für einen kurzen Moment Margret Schröder hinterher, die ihre Arbeit im Garten wieder aufgenommen hatte, und wandte sich schließlich ab.

Sie folgte dem sauber gepflegten, von Hecken gesäumten Weg durch die Gartenkolonie, ging an zwei in ein Gespräch vertieften Frauen vorbei und bemerkte eine andere Frau mit einem vielleicht sechsjährigen Jungen, der einen selbst gepflückten Blumenstrauß vor einer roten Gartenpforte zu weiteren dort schon abgelegten Blumen legte. Jemand hatte einen handgeschriebenen Zettel dazugeheftet. Ein rotes Grablicht flackerte.

Charlottes Blick fiel über die Hecke in die akkurat gepflegte Zelle auf das schlichte weiß geputzte Siedlungshäuschen mit dem roten Ziegeldach. Es war eines der wenigen zweistöckigen, fast wie ein richtiges Haus. Alles wirkte tot in seiner Perfektion. Nur die halb geschnittene Hecke zeugte davon, dass Albrecht Leimen hier gestorben war, bevor er sein Werk vollenden konnte.

Sie wurde durch Martins Stimme aus ihren Gedanken gerissen.

»Charlotte!«

Sie sah sich suchend um und entdeckte ihn auf der anderen Seite des Weges. Er stand in einem der Gärten und hielt David auf dem Arm.

Das also war Martins neue Errungenschaft, dachte sie. Ein Garten, in dem es viel zu tun gab. Ein Fahnenmast vor der ein wenig windschief wirkenden Laube, zwei Fenster mit Rüschengardinen, davor Blumenkästen. Die knallrot gestrichene Tür sprang einem förmlich ins Auge. Natürlich durften zur Vervollständigung des Idylls die Sonnenblumen nicht fehlen. Das Ganze wurde hinter dem Haus durch Nadel- und Laubhölzer eingerahmt.

»Hier sind wir!«, rief Martin, obwohl sie ihn bereits entdeckt hatte. Sie schenkte ihm auf Distanz ein Lächeln und betrat den Garten mit der winzigen Laube.

Martin hatte die Wartezeit genutzt und auf einem Gaskocher einen Espresso zubereitet. Charlotte setzte sich auf die Eckbank am Klapptisch, während er einschenkte.

Charlotte sah ihm zu. Das rot karierte Hemd passte nicht zur hochgeknöpften Weste, die ihm fast das Aussehen eines italienischen Kellners verlieh.

Sie ließ ihren Blick schweifen. Der resopalbeschichtete Hängeschrank mit den Schiebetüren und dem Klebehaken mit den gehäkelten Topflappen erinnerte sie an die Küche ihrer Großmutter.

Martin strahlte sie an. »Gemütlich, was?«, fragte er, als hätte er ihre Gedanken erraten, und lächelte zufrieden in sich hinein.

Charlotte strich David sanft über den Kopf; er antwortete mit einem zufriedenen Glucksen. »Ein Traum!«, sagte sie ironisch. »Ich kann nur hoffen, dass das Wasser nicht vom Brunnen hinterm Haus ist.«

Martin war derweil mit dem Einfüllen der zweiten Tasse beschäftigt. Charlotte hatte den Eindruck, dass er ihr gar nicht zugehört hatte, so sehr schwelgte er in seiner Kleingartenidylle. Typisch. Wenn er sich für etwas begeisterte, dann immer mit Haut und Haar.

Er stellte die Kanne auf die provisorische Kochstelle zurück, griff mit spitzen Fingern nach dem Henkel seiner Tasse und führte sie Richtung Mund. »Ist doch toll, dass man sich hier selbst versorgen kann.«

Charlotte griff ebenfalls nach ihrer Tasse. »Frau Schröder hat das Gift direkt ins Grundwasser gespritzt.«

Kurz bevor Martin die Tasse an die Lippen setzte, stutzte er. »Welches Gift?«, fragte er und musterte den Inhalt seiner Tasse mit zusammengekniffenen Augen.

»Eine Art Agent Orange für Gehwegplatten?«, antwortete Charlotte.

Martin hatte seinen Blick immer noch nicht von seiner Tasse abgewandt. Demonstrativ hob er sie auf Mundhöhe. »Blödsinn! Das Wasser ist vollkommen in Ordnung.«

Charlotte setzte ihre Tasse wieder ab. »Vielleicht ist unser Nachbar daran gestorben?«, sagte sie nachdenklich.

Geräuschvoll stellte Martin die Tasse ab. »Du bist zynisch«, sagte er vorwurfsvoll und fuhr sich mit dem Handrücken über den Mund, als müsse er Spuren des nicht zu sich genommenen Gifts beseitigen.

»Was willst du?« Charlotte streichelte wieder über Davids Kopf, der sich zu rekeln begann. »Ich bin hier auf deiner Hazienda, obwohl es im Umkreis von zehn Metern von Gartenzwergen nur so wimmelt.«

Martin stützte sich auf der Tischplatte ab und beugte sich ihr entgegen. »Weil es eine Leiche gegeben hat! Ansonsten wärst du gar nicht erst aus dem Auto gestiegen.«

»Was ist daran zynisch?« Charlotte beobachtete Martin, der einen erneuten Anlauf unternahm, von seinem Espresso zu trinken, und lächelte. Natürlich hatte er recht. Der Tod des Laubennachbarn hatte ihren Ermittlergeist geweckt. »Ich nenne es interessiert«, verteidigte sie sich gegen den Vorwurf und wandte sich David zu.

Martin stellte seine Tasse schwungvoll auf der Kochstelle ab. Charlotte wusste, dass sie ihm die Kaffeefreude endgültig vergällt hatte.

# ZWEI

Das Vereinshaus war Versammlungsort und mit der Gastwirtschaft geselliger Mittelpunkt zugleich. Die Raffgardinen ließen das Tageslicht nur gefiltert in das dunkle Innere. Einfache Holztische, jeweils mit vier passenden Holzstühlen umrundet, füllten den Raum. Von der Holzdecke hingen Lampen mit kupferfarbenen Schirmen herab. Der Tresen in der Ecke mit den hohen Barhockern war an manchem Abend sicher Ort lebhafter Auseinandersetzungen über die großen und kleinen Probleme dieser Welt, ob aus der Politik oder dem Zusammenleben in einer Gemeinschaft wie dem Kleingartenverein.

Charlotte wurde vom Gesumm zahlreicher Fliegen begrüßt, die sich über eine nicht abgedeckte Platte mit Blechkuchen hermachten. Zögernd betrat sie den verlassenen Raum, begleitet von Udo Jürgens' »Ich war noch niemals in New York«, das aus einem Radio dudelte.

»Hallo?«, rief sie, ohne eine Antwort zu erhalten.

Vorsichtig umrundete sie den Tresen und passierte den an der Wand befestigten roten Metallkasten mit den Fächern des Sparclubs, der für ihre Begriffe ebenso wie die ganze Kleingartenanlage Ausdruck von Muffigkeit und Kleinbürgertum war. Der überdimensionale Gartenzwerg, der auf dem Tresen thronte, bestätigte sie eindrücklich in ihrer Einschätzung.

Aus einer offenen Tür im Hintergrund nahm sie leises Gemurmel wahr. Sie folgte den Stimmen. An den Gastraum schloss sich eine Küche an, in der kleine Speisen vorbereitet werden konnten, die aber auch als Lagerraum für Lebensmittel und Getränke diente.

Von dort aus führte eine Tür in einen Raum, der offenbar als Büro genutzt wurde. Auch er war komplett mit Holz ausgekleidet.

»Ich hab's gleich. Wenn du mich jetzt einen Moment konzentriert schauen lässt, dann hab ich's, ja?« Helga Reimann hatte sich auf einem Schreibtisch abgestützt und über einen Aktenordner gebeugt. Sie trug immer noch den geblümten Kittel, den Charlotte vorhin schon an ihr gesehen hatte.

»Das geht nicht. Auf keinen Fall!«, erwiderte Andrea Klose-Sanders, die Charlotte den Rücken zuwandte. Charlotte hatte den Eindruck, als sei ihr alles andere als wohl bei dem, was Helga Reimann tat.

»Es wird uns nichts anderes übrig bleiben«, sagte Helga Reimann mit Bestimmtheit und blätterte in dem Ordner. Eine Stelle schien ihre besondere Aufmerksamkeit erregt zu haben. Sie schlug die vorherige Seite noch einmal auf.

»Der Albrecht wollte doch noch mal mit Schröders reden«, sagte Andrea zaghaft.

»Der Albrecht kann uns jetzt nicht mehr helfen«, erwiderte Helga Reimann brüsk, nahm den Ordner vom Schreibtisch und umrundete den Tisch.

Die beiden Frauen hatten Charlotte, die im Türrahmen stehen geblieben war, immer noch nicht bemerkt.

»Hier«, erklärte Helga und wies mit dem Zeigefinger ihrer faltigen Hand auf eine Stelle in der Unterlage.

Andrea sah erstaunt in das Dokument. »Siebenundvierzig Zentimeter!«, stellte sie fest.

Helga Reimann hielt die Hände in die Luft und deutete eine Distanz an. Sie hatte Ähnlichkeit mit einem Angler, der über die Größe seines Fangs Bericht erstattete. »Das ist immerhin so ein Stück«, sagte sie.

Charlotte wollte sich ein wenig näher heranschleichen, um dem Gespräch besser folgen zu können. Dabei übersah sie einen Eimer, der im Weg stand, und stieß dagegen. Mit einem scheppernden Geräusch kollerte er über den Boden.

Andrea Klose-Sanders fuhr mit einem Aufschrei herum, während Helga Reimann erschrocken ihre Lesebrille von der Nase riss.

Charlotte trat zu den beiden Frauen. »Entschuldigung. Ich … ich wollte mir nur einen Sonnenschirm ausleihen«, sagte sie und bemühte sich um einen schuldbewussten Gesichtsausdruck.

Rasch nahm Helga Reimann der nach Luft schnappenden Andrea den Ordner aus der Hand, hastete um den Schreibtisch und legte ihn auf der gegenüberliegenden Seite ab. »Draußen in der Kammer«, sagte sie.

Mit weit aufgerissenen Augen starrte Andrea Klose-Sanders Charlotte an. Der Schreck war ihr offensichtlich in die Glieder gefahren. Aber Charlotte war sich sicher, dass nicht nur ihr unverhofftes Auftauchen, sondern auch die Tatsache, bei einem unkorrekten Tun ertappt worden zu sein, dazu beitrug, dass sie hyperventilierte.

Sie eilte auf die Frau zu, fasste sie an den Schultern und drückte sie auf einen Plastikstuhl, der am Schreibtisch stand. »Setzen Sie sich. Setzen Sie sich hin«, sagte sie, dann wandte sie sich an Helga Reimann. »Haben Sie eine Tüte?«

Während Helga ins Regal griff und eine Plastiktüte hervorholte, versuchte Charlotte die immer noch nach Luft ringende Andrea Klose-Sanders zu beruhigen. »Ganz ruhig atmen«, sagte sie, nahm die Tüte entgegen, öffnete sie und hielt sie Andrea vor den Mund. »Durchatmen. Ganz ruhig.«

Die Lehrerin sah Charlotte aus weit geöffneten Augen an. Sie japste immer noch nach Luft.

»Ein und aus. Hier, in die Tüte rein.« Charlotte hielt ihr die Plastiktüte so dicht vor den Mund, dass sie sich beim Ausatmen mit Luft füllte und beim tiefen Einatmen wie ein Vakuum zusammenzog.

»Ein und aus. Ein und aus«, gab Charlotte den Rhythmus vor. Dabei beobachtete sie aus den Augenwinkeln, wie sich Helga Reimann auf die andere Seite des Schreibtischs schlich und den Ordner zuklappte, bevor Charlotte etwas vom Inhalt sehen konnte. Sie hatte lediglich einen Grundriss erkennen können, in dem jemand mit rotem Filzstift eine neue Linie gezogen hatte.

Helga Reimann stellte den Ordner in ein einfaches Metallregal zurück, das über Eck stand und eine Vielzahl von Ordnern mit verschiedenfarbigen Rückenschildern enthielt. »Parzelle 1–40«, konnte Charlotte noch mit einem Seitenblick von der Beschriftung des Ordnerrückens erkennen.

Dann beugte sie sich zu Andrea Klose-Sanders herab und massierte mit einer Hand sanft deren Schulter. »Ein und aus«, sagte sie. »Ich kenn das von meinem Freund Martin. Der hat das auch manchmal. Das geht gleich vorbei. Ein und aus.«

Es schien, als würde ihre Notfallmaßnahme Erfolg zeigen. Langsam beruhigte sich Andrea Klose-Sanders, ihr Atem begann sich zu normalisieren.

»So ist gut …!« Charlotte sah zu Helga Reimann auf. »Ich bin übrigens Charlotte Lindholm«, stellte sie sich vor.

»Ich bin die Helga.« Frau Reimann zeigte auf sich, dann auf die Lehrerin. »Das ist die Andrea«, erklärte sie mit einem freundlichen Lächeln.

»Freut mich«, erwiderte Charlotte und hielt weiterhin die Tüte vor Andreas Mund, die sie aus weit geöffneten Augen durch ihre große Brille ansah.

»Sie sind mit dem Kriminalautor hier.« Es war keine Frage, sondern eine Feststellung.

»Ja, genau«, bestätigte Charlotte, dann wandte sie sich wieder Andrea zu: »Immer weiteratmen.«

Helga beugte sich zu Charlotte herab. »Schreiben Sie auch?«

Charlotte lächelte. »Nein. Dafür fehlt mir jede Phantasie«, gab sie zurück. Dann sah sie Andrea an. »Wird's besser?«

Ehe die Lehrerin reagieren konnte, hatte sich Helga zwischen sie und Charlotte gedrängt. Sie nahm Charlotte die Tüte aus der Hand, stellte fest: »Geht's jetzt wieder?«, und ließ die Plastiktüte in der Tasche ihres geblümten Kittels verschwinden. Dann griff sie nach einem Schlüsselbund, das in einem Regal lag. Ihr freundlicher Gesichtsausdruck hatte sich von einer Sekunde zur anderen in eine fast finstere Miene verwandelt.

»Es tut mir wahnsinnig leid. Ich wollte Sie nicht erschrecken …«, setzte Charlotte an.

»Ich muss Sie jetzt leider bitten«, fiel Helga ihr ins Wort, griff Andrea unter den Arm und zerrte sie in die Höhe. »Komm«, sagte sie auffordernd.

»Ja, natürlich«, sagte Charlotte, während Helga ihre Vereinskollegin zum Büroausgang drängte, blieb aber im Türrahmen stehen. »Wissen Sie denn, wo ich einen Sonnenschirm finde?«

»Ja, ja«, antwortete Helga hastig und schob Andrea aus dem Raum. Dann holte sie das Schlüsselbund hervor und schloss sorgfältig ab.

Schweigend führte Helga die kleine Prozession zum nahen Vereinsschuppen, vor dessen Tür eine schmutzige Bank nicht unbedingt zum Verweilen einlud. Im Hintergrund stand ein verrotteter Fahrradanhänger, den irgendjemand bepflanzt hatte.

Ein Schraubstock vor dem Schuppen wartete auf handwerklich begabte Kleingärtner; auf der Innenseite der

Blechtür waren mit Klebestreifen diverse Mitteilungen befestigt.

Helga tauchte in das Innere des Schuppens ein, holte mehrere lädierte Sonnenschirme hervor und präsentierte sie wortlos. Andrea, die wieder ruhiger atmete, lehnte an der Außenwand und sah dem Geschehen teilnahmslos zu.

Charlotte bemühte sich, einen orangefarbenen Schirm mit weißem Fransenrand zu öffnen, während Helga einen bunt gestreiften begutachtete und feststellte: »Der hier geht.« Sie nahm Charlotte den orangefarbenen ab und drückte ihr den anderen in die Hand.

»Muss ja wirklich ein furchtbarer Tag sein für Sie hier heute«, stellte Charlotte fast beiläufig fest, während sie versuchte, den Stoff des Sonnenschirms zu bändigen.

»Ja, ganz furchtbar«, bekundete die bisher schweigsame Andrea matt.

»Was will man machen. Wir sind ja alle mal dran«, sagte Helga trocken und unterstrich diese Feststellung mit ausgebreiteten Armen. Dann verschwand sie ins Innere des Schuppens, um den anderen Sonnenschirm zurückzustellen.

Charlotte umarmte ihren Schirm wie ein Kleinkind und folgte Helga zwei Schritte. »Na, Schröders sind jedenfalls ganz fertig!«, rief sie ihr hinterher.

»Schröders?«, fragte Andrea ungläubig, während Helga wieder aus dem Dunkel auftauchte.

»Die waren doch mit dem Toten befreundet«, sagte Charlotte.

Bevor Andrea antworten konnte, mischte sich Helga ein. »Der Albrecht mit den Schröders?«, sagte sie, während sie einen weiteren Sonnenschirm aus der Sammlung griff, um ihn im Schuppen zu verstauen. »Nur über seine Leiche«, entfuhr es ihr, und sie hielt sich erschrocken die Hand vor den Mund. »Oh, Sie wissen, was ich meine«, schob sie hinterher, um erneut in dem Abstellraum zu verschwinden.

»Sie haben sich gehasst«, nutzte Andrea den Moment.

»Soll ja vorkommen unter Nachbarn«, sagte Charlotte in der Hoffnung, den beiden Frauen weitere Informationen über das komplizierte Beziehungsgeflecht innerhalb der Schrebergartengemeinschaft zu entlocken.

»Gehasst ist zu viel gesagt.« Helga war sichtlich bemüht, Andreas Bemerkung zu relativieren. Charlotte kam der Verdacht, dass sie das hier und heute nicht zum ersten Mal tat. »Aber er hat die Schröders immer die Gartenpolizei genannt«, ergänzte sie.

»Gartengestapo«, lachte Andrea nervös, bevor Helga die letzten beiden Schirme nahm, Andrea sanft auf den Rücken fasste und sie in den Schuppen bugsierte. Ein deutliches Signal für Charlotte, dass sie das Gespräch damit als beendet betrachtete.

# DREI

Martin schwelgte immer noch im Kleingärtner-Besitzerstolz, wenn ihm auch die lästige Pflicht des Unkrautzupfens nicht zu behagen schien. Er kniete in den Rabatten und zog die Wildkräuter unter den Zierpflanzen, die seine Parzelle begrenzten, aus dem lockeren Erdreich. Charlotte musste schmunzeln: Die nagelneuen Gummistiefel, die gestärkte knallgrüne Schürze und die Gärtnerhandschuhe standen ihm wirklich ganz hervorragend.

Immerhin lenkte es sie für einen kurzen Moment von den geheimnisvollen Geschehnissen in der Kleingartenkolonie ab.

Martin, der sich in manchmal übertriebener Fürsorge um sie kümmerte, hatte vergeblich versucht, sie davon zu überzeugen, die Natur und die »Freiheit« des Kleingartenlebens zu genießen.

»Musst du immer und überall gleich das Böse lauern sehen?«, hatte er gespöttelt. »Das ist meine Aufgabe. Ich bin der Kriminalautor, dessen Phantasie durchgeht. Du solltest dich an die Tatsachen halten. Und die lassen keine Rückschlüsse auf ein Verbrechen zu. Entspann dich. Freu dich am Nichtstun und konzentrier dich auf David.«

Doch Charlotte ließ sich nicht beirren. »Die Leute hier … Die verhalten sich merkwürdig«, sagte sie. »Ich kann mich nicht einfach zurücklehnen und so tun, als hätte ich es nicht bemerkt. Deshalb habe ich nachgefragt, ob Albrecht Leimen in die Rechtsmedizin gebracht wird.«

»Das ist aber wirklich übertrieben«, sagte er und sah vorwurfsvoll zu ihr herüber. Charlotte saß in einem altersschwachen Lehnstuhl, hatte die Knie angewinkelt und blätterte in dem Buch »Gehirn und Gedächtnis«, das sie sich aus der Bibliothek ausgeliehen hatte. David schlummerte friedlich im Schatten des Sonnenschirms.

»Nur weil man tot ist, muss man nicht gleich umgebracht worden sein.« Martin stopfte eine weitere Handvoll Unkraut in den Eimer vor seinen Knien und schickte ihr einen weiteren anklagenden Blick. Offensichtlich missfielen ihm ihre Aktivitäten, die den Frieden an diesem Platz störten.

»Sie hätten ihn sowieso aufgemacht. Allein um sicherzugehen, dass es ein natürlicher Tod war.«

»Aufgemacht?« Martin unterbrach seine Gartenarbeit und richtete sich auf. »Du meinst, obduziert.« Er unternahm gar nicht erst den Versuch, sein Unverständnis über ihre Wortwahl zu verbergen.

»›Gehirn und Gedächtnis‹?«, erschallte es von der Gartenpforte, und Martin und Charlotte sahen auf. Helga Reimann stand dort mit einem Teller Butterkuchen. »Damit sollte ich mich auch beschäftigen«, fuhr sie fort. »Man baut ab im Alter.«

»Wir nutzen alle nur den Bruchteil unserer Möglichkeiten«, erwiderte Charlotte und lächelte ihr zu.

Martin straffte sich und drückte den Rücken durch. »Sie sind doch nicht alt, Frau Reimann«, sagte er charmant.

»Helga«, antwortete sie mit fester Stimme und hielt den Kuchenteller in Charlottes Richtung. »Mögen Sie?«

Martin umrundete Charlottes Liegestuhl und ging zur Gartenpforte.

»Danke«, sagte Charlotte und schüttelte den Kopf, nachdem sie den Teller wiedererkannt hatte, auf dem sich im Vereinsheim vor Kurzem noch die Fliegen getummelt hatten.

»Der ist selbst gebacken«, erklärte Helga.

Martin griff freudig zu. »Ich nehm gern ein Stück, Gartenarbeit macht hungrig.« Er biss herzhaft in das Gebäck, ohne Charlottes kritischen Blick zu bemerken.

»Wir sammeln für einen Kranz für den Albrecht. Sie haben ihn ja nicht gekannt, aber ich wollte trotzdem fragen, ob Sie vielleicht auch was geben würden.«

Währenddessen war auch Charlotte aufgestanden und hatte sich zu Martin und Helga gestellt.

»Mhm«, sagte Martin mit vollem Mund, wandte sich ab und ging zur Laube. »Kein Problem«, schob er im Gehen hinterher.

Charlotte sah an Helga vorbei auf das kleine steinerne Häuschen auf der anderen Seite des Weges. »Das war sein Garten, nicht?« Sie nickte fast unmerklich in die Richtung.

»Nein«, erklärte Helga mit leicht geneigtem Kopf, ohne sich dabei umzudrehen.

»Aber er ist doch dort gestorben.« Charlotte war erstaunt.

»Ich hab immer zu ihm gesagt, du machst zu viel. Er hatte es ja mit dem Herzen.« Helga hatte die Stimme gesenkt, als würde sie Charlotte ein Geheimnis anvertrauen.

»Und wem gehörte die Laube dann?«, fragte Charlotte.

»Zachers.«

Charlotte sah Helga an. »Ach, der Regina Zacher?«

Helga nickte.

»Das ist doch die Frau, die vorhin da war.« Charlotte wies mit dem Zeigefinger in Richtung des Platzes vor dem Vereinsheim, auf dem sie Regina Zacher in Begleitung ihres Sohnes begegnet war.

»Sie konnte sich nicht mehr drum kümmern. Der Albrecht hat die Parzelle für sie gepflegt«, sagte Helga und sah Martin entgegen, der aus dem Dunkel der Laube aufgetaucht war, das Kuchenstück im Mund. Er wischte seine rechte Hand an der Gartenschürze ab und reichte ihr einen Geldschein.

»Das ist aber großzügig!« Helga lächelte strahlend, während sie die Banknote in der Tasche ihres Kittels verschwinden ließ.

»Warum hat sie die Laube denn behalten?«, wolle Charlotte wissen.

Helga wiegte den Kuchenteller im Arm, als würde sie ein Baby schaukeln. »Man hängt ja schon dran, wenn man so einen Garten angelegt hat«, sagte sie salbungsvoll.

Martin breitete die Arme aus, als würde er seine Umgebung segnen wollen. »Der Kontakt zur Natur ist einfach unbezahlbar.« Dann kaute er weiter an seinem Kuchen.

»Oh, ich hab ja noch was für Sie!« Helga drückte der überraschten Charlotte den Kuchenteller in die Hand und fischte ein Marmeladenglas aus den Tiefen ihrer Kitteltasche. Sie schraubte den Deckel ab und hielt das Glas schräg, sodass eine Handvoll Regenwürmer in ihre offene Handfläche rutschte. »Die hat mein Mann vorhin extra ausgebuddelt«, sagte sie mit einem freundlichen Lächeln und streckte Martin die Hand entgegen.

Martin hielt mit dem Kauen inne und starrte entsetzt auf das sich windende Gewürm in Helgas Hand.

»Sie wollen doch einen Kompost anlegen.«

»Die sehen doch toll aus, oder?«, sagte Charlotte mit spöttischer Miene, während Martin ein leises Stöhnen entfuhr.

Seine Gesichtszüge entspannten sich, als Helga die Würmer ins Glas zurückkippte und das Gefäß wieder verschloss. »Die Roten sind die besten«, erklärte sie mit der Miene einer erfahrenen Schrebergärtnerin und reichte Charlotte das Glas.

»Vielen Dank«, sagte Charlotte, die mit der linken Hand immer noch den Kuchenteller hielt.

Sie wurden durch Margret Schröder abgelenkt, die den Gartenweg entlangradelte und ihnen ein »Tag« zurief; hinter ihr fuhr ihr Mann, der den Dobermann an der Leine neben sich herzog.

Helga drehte sich um und rief ihr ein »Tag« hinterher. Martin grüßte ebenfalls, während es Charlotte bei einem Nicken beließ. Ihr ging diese ständige Grüßerei auf die Nerven. Sie beugte sich Helga entgegen und gab ihr dabei den Kuchenteller zurück.

»Frau Schröder hat ja erzählt, dass der Zacher nach Kanada ausgewandert ist.«

Helga hielt Martin den Teller hin. »Ja. – Nehmen Sie doch noch eins«, sagte sie freundlich.

Martin hielt sein angebissenes Stück in die Höhe. »Vielen Dank.« Die Regenwürmer schienen seinen Appetit deutlich gezügelt zu haben.

»Kanada …! Das war immer mein absoluter Traum. Also, an Regina Zachers Stelle, ich wär mitgegangen«, sagte Charlotte mit schwärmerischem Gesichtsausdruck.

Helga winkte ab. »In so 'n Blockhaus in der Pampa am anderen Ende der Welt? Nee, also mich könnten Sie damit auch jagen.«

»Das ist das Schöne an so einer Laube«, mischte sich Martin ein und ließ seine Hand mit dem Kuchenstück kreisen. »Man hat die Natur und ist trotzdem nah bei der Zivilisation.«

Charlotte lächelte. »Ja, das stimmt irgendwie.« Wie auf Kommando kehrten die Schröders auf dem Gartenweg zurück und blickten neugierig herüber. »Und es ist immer jemand da, der einen sieht, wenn einem was passiert. Also, der Albrecht wurde ja auch gleich gefunden, oder?«

Helga sah den Radfahrern hinterher, bevor sie bedauernd die Schultern zuckte. »Ja, für den armen Albrecht konnt man ja nun leider nichts mehr tun.«

Charlotte drehte gedankenverloren das Glas mit den Würmern in ihren Händen. »Die Regina Zacher und er, die standen sich ja offenbar sehr nahe. – Die beiden waren doch ein Paar, oder?«, fragte sie leichthin.

Helga zuckte mit den Schultern. Wenn sie bisher sehr selbstsischer aufgetreten war, insbesondere bei Charlottes überraschendem Erscheinen im Vereinsheim, wirkte sie jetzt fast ein wenig schüchtern. »Sie können ja vielleicht fragen ...!«

Martin trat von hinten an Charlotte heran, legte seinen Arm um ihre Schulter und sagte: »Das ist eine Berufskrankheit. Sie ist nämlich ...«

»... Psychologin!«, fiel Charlotte ihm hastig ins Wort und bedeutete ihm mit einem langen Blick, nichts von ihrem wahren Beruf zu verraten.

Helga zuckte erneut mit den Schultern. »Dann ist Ihnen ja nichts Menschliches fremd«, sagte sie mit einem vieldeutigen Tonfall.

Charlotte lächelte. »Nein«, sagte sie und hoffte, es würde wie eine beiläufige Bestätigung klingen.

Helga lächelte verbindlich zurück. »Albrecht war glücklich verheiratet.« Sie wandte sich zum Gehen. Ihr war anzumerken, dass sie nicht an einer Fortsetzung des Gesprächs interessiert war. »Bis seine Katharina letztes Jahr gestorben ist«, fügte sie über die Schulter an, bevor sie mit schweren Schritten, den Kuchenteller fest an die Brust gedrückt, den Gartenweg abwärts verschwand.

Martin hatte seinen Arm wieder von Charlottes Schulter heruntergenommen. Sie hob das Glas mit den Würmern in die Höhe und hielt es ihm hin.

»Bitte!«

Er schüttelte wortlos den Kopf, drehte sich um und ging langsam zum Eingang seiner Laube.

Charlotte ließ versonnen ihren Blick über die so friedlich in der Herbstsonne liegende Gartenanlage schweifen. Er blieb am Fahnenmast der gegenüberliegenden Parzelle der Zachers hängen und wanderte zur Spitze empor, an der sich die rot-weiße Flagge Kanadas mit dem Ahornblatt sanft im Wind bewegte.

***

Wortlos packten sie ihre Sachen zusammen, räumten den Sonnenschirm und das Kinderbett in die Laube und machten den kleinen David für die Heimfahrt fertig.

Nachdem sie das Häuschen verlassen hatten, verschloss Martin sorgfältig die Tür, nahm die Kühltasche auf und folgte Charlotte, die mit David auf dem Arm schon in Richtung Gartenpforte vorangegangen war.

»Psychologin!«, rief er ihr hinterher, und Charlotte konnte ihm anhören, dass er über ihren Auftritt im Kleingartenverein verärgert war.

»Ich hatte einfach keine Lust, dauernd gelöchert zu werden, wie das ist mit den Mördern und den Leichen«, versuchte sie ihm zu erklären, aber er schien nachhaltig verstimmt.

»Ist doch schön, wenn sich die Nachbarn für einen interessieren«, erwiderte er starrköpfig.

Charlotte teilte seine Begeisterung nicht. »Wir sollten die Hecke aufstocken.«

Martin reckte belehrend seinen Zeigefinger empor. »Die darf nicht höher sein als einen Meter zwanzig. So steht's in der Kleingartenverordnung.« Dann hob er den Sperrhaken der Gartenpforte an und öffnete, um Charlotte mit dem Baby den Vortritt zu lassen.

»Und was ist mit Wassergräben? Sind die auch verboten?«, fragte Charlotte ironisch.

Martin schüttelte den Kopf. »Du übertreibst.«

»Und ein paar Piranhas?«, setzte sie ihre Überlegungen fort, wie man sich wirkungsvoll gegen neugierige Nachbarn abschotten könnte.

»Charlotte, die Leute sind doch nett hier«, versuchte Martin sie zu überzeugen.

Aber sie blieb hartnäckig. »Und wer ihnen nicht passt, wird einfach aus dem Weg geräumt.« Dabei sah sie sich noch einmal um und blickte den Weg hinunter, auf dem Helga Reimann verschwunden war.

Martin hatte die Gartenpforte hinter ihnen wieder geschlossen. »Du mit deiner Ermittlungssucht!« Er gestikulierte wild vor ihr herum. »Albrecht Leimen ist ganz einfach an einem Herzinfarkt gestorben.«

Charlotte war abrupt stehen geblieben, sodass er fast mit ihr zusammenstieß.

»Okay, dann erklär mir doch mal, wieso Regina Zacher ihre Laube behält, sie aber meidet«, sie tippte ihm mit dem Zeigefinger gegen die Brust, »während ihr Exliebhaber den Garten pflegt und dabei plötzlich tot umfällt.« Damit drehte sie sich um und ging in Richtung Parkplatz weiter.

»*Plötzlich*. Nach zehn Jahren!«, rief Martin ihr empört hinterher. Immerhin erreichte er, dass Charlotte erneut stehen blieb.

»Na, umso seltsamer. Und wieso bestellt Frau Schröder die Exgeliebte hierher, obwohl sie sie nicht ausstehen kann?« Dabei nickte sie in Richtung der anderen Häuser.

»Ja, aber sie hat doch gesagt, da war nichts!«, erwiderte Martin.

Charlotte erinnerte sich an die Szene auf dem Parkplatz, als der Bestatter Albrecht Leimen abtransportiert hatte. »Deshalb reißt sie auch den Leichensack auf«, sagte sie süffisant.

»Dann war sie eben seine Geliebte. Ist doch auch kein

Verbrechen«, versuchte Martin zu erklären, aber Charlotte war plötzlich abgelenkt.

»Psst. – Hast du das gesehen?«, fragte sie.

Martin folgte ihrem Blick. »Was?«, fragte er irritiert.

Einige Büsche, ein hochgewachsener Säulenwacholder und ein Flechtzaun verhinderten den freien Blick in den Zacher'schen Garten. Zwischen dem Grün war schemenhaft etwas Gelbes zu erkennen, das sich über den Rasen bewegte. »Da ist jemand. Auf dem Grundstück.« Charlotte gab David einen Kuss und drückte ihn Martin in den Arm.

»Och ...«, stöhnte der, schon mit zahlreichen Taschen beladen, auf und rief ihr halblaut hinterher: »Du solltest vielleicht doch besser wieder arbeiten gehen!«

Charlotte schlich an Zachers Grundstück heran, bog die Zweige der Büsche zur Seite und lugte hindurch. Noch war nichts zu entdecken. Vorsichtig tastete sie sich durch das Gestrüpp vorwärts, bog einen vorwitzigen Ast in Gesichtshöhe um und versuchte, auf leisen Sohlen in den Garten zu gelangen. Langsam passierte sie die Längsseite der Laube, schaute in die Hütte hinein, ohne etwas zu erkennen, und erreichte die Terrasse. Sie lugte um die Ecke und sah zunächst die Hollywoodschaukel, die auf der Rückseite des Grundstücks stand. Dann bemerkte sie den Mann, der in der anderen Ecke der Parzelle stand.

Jürgen Klose-Sanders hatte mit beiden Händen eine Eisenstange umklammert, die er über Kopfhöhe hielt. Mit einem lauten »Ah!« stieß er sie kraftvoll in das Erdreich vor seinen Füßen, um diesen Vorgang um ein paar Zentimeter versetzt mehrfach zu wiederholen.

# VIER

Auf der Rückfahrt hatten Martin und Charlotte das Thema »Kleingartenverein Erntedank« gemieden. Zu Hause hatte sich Charlotte mit David in ihren Bereich zurückgezogen und war bald eingeschlafen. Sie hatte noch nicht lange gelegen, als sich das Kind bemerkbar machte. Sanft streichelte sie ihm über den Kopf. Es war nicht nur der Instinkt einer Mutter, der ihr einen unruhigen Schlaf bescherte. Die Merkwürdigkeiten im Kleingartenverein, das seltsame Verhalten der Leute, die Geheimnistuerei – all das beschäftigte sie auch jetzt noch und ließ sie aufschrecken, als plötzlich Geräusche aus dem Treppenhaus in ihr Schlafzimmer drangen.

Sie verließ das Bett, schlich zur Haustür, spähte durch den Türspion – und schrak zusammen, als sie durch das Guckloch den Tod in der geöffneten Tür der Nachbarwohnung stehen sah. Das Gerippe unterhielt sich mit dem Teufel, der genüsslich an einem Joint zog. Eine dritte Gestalt mit blutüberströmtem Gesicht, der ein Messer in den Kopf gerammt war, setzte eine Wodkaflasche an die Lippen und prostete Tod und Teufel zu, während aus der offenen Tür Stimmengemurmel und Partymusik ins Treppenhaus drang. Charlotte legte den Kopf gegen das Türblatt und seufzte. So würde sie keinen Schlaf finden. Und David würde auch nicht zur Ruhe kommen.

Missmutig zog sie sich wieder an, packte ein paar Sachen zusammen, legte das Kind in die Tragetasche und informierte den vom Lärm unbeeindruckten Martin, indem sie ihm eine handschriftliche Nachricht unter seiner Tür hindurchschob. Dann fuhr sie in den Kleingarten. Lieber würde sie den Rest der Nacht in der Beschaulichkeit der

Laubenkolonie verbringen als neben einer lärmenden Halloween-Party.

Friedlich, fast ein wenig gespenstisch, lag die Anlage im Dunkeln. Was tagsüber die Idylle der Kolonie ausmachte, wirkte bei Nacht wenig anheimelnd. Äste und Blätter warfen bizarre Schatten. Nur eine einsame Laterne beleuchtete den Gartenweg, der zu den einzelnen Grundstücken führte. Außer dem Zirpen von Insekten und ein paar letzten Vogelrufen war nichts zu hören.

Charlotte hielt erschrocken inne, als sie beim Passieren des Gartens des Lehrerehepaars Klose-Sanders plötzlich metallische Geräusche vernahm. Sie sah zwei rostig-blecherne Vogelskulpturen, die im lauen Wind gegeneinanderschlugen und dabei im ungeölten Gelenk quietschten. Es sah aus, als würden sie sich gegenseitig die Augen auspicken.

An der Tür zu Martins Laube meldete sich David aus seinem Tragekorb mit einem unruhigen Laut.

»Ruhig, mein Schatz. Wir sind gleich da«, raunte Charlotte ihm zu, als ihre Aufmerksamkeit von einem neuen Geräusch angezogen wurde. Sie blieb reglos stehen und lauschte in die Dunkelheit. Die Laute kamen aus dem gegenüberliegenden Kleingarten der Zachers. Charlotte konzentrierte sich auf die ungewohnten Töne, bis sie sich erinnerte, sie schon einmal gehört zu haben. Es waren die gleichen Geräusche wie beim Aufbruch, als sie sich in den Nachbargarten geschlichen und Jürgen Klose-Sanders dabei beobachtet hatte, wie er eine lange Stange kräftig ins Erdreich gestoßen hatte, als würde er etwas suchen.

Leise öffnete sie die Tür und betrat Martins Laube. Mit wenigen Handgriffen hatte sie David in das Kinderreisebett gelegt. Der Kleine quittierte den Ortswechsel mit einem zufriedenen Laut und schlief in der fremden Umgebung weiter.

Charlotte ließ sich ermattet auf die Campingliege fallen, die sie sich notdürftig mit Kissen ausgepolstert hatte. Die ausgeleierten Spiralfedern gaben quietschend nach. Doch bevor sie sich zum Schlafen niederlegen konnte, wurde sie erneut durch die merkwürdigen Geräusche aus dem Garten gegenüber abgelenkt.

Sie löschte das Licht, stellte sich ans Fenster und spähte durch den Gardinenspalt in die Dunkelheit. Schemenhaft nahm sie Bewegungen im Zacher'schen Garten wahr, ohne jedoch Einzelheiten erkennen zu können. Es ließ ihr keine Ruhe.

Sie öffnete die Tür, schlüpfte ins Freie und ging auf Zehenspitzen zum Garten der Zachers. Wie schon am Nachmittag bahnte sie sich einen Weg durch die Hecke und das Gestrüpp. Die Dunkelheit bot ihr zwar Schutz, erschwerte ihr aber auch die Sicht, sodass sie Hindernisse mehr ertasten musste, als dass sie sie erkennen konnte. Es dauerte eine ganze Weile, bis sie eine Position erreicht hatte, aus der sie Einblick in die hintere Hälfte des Gartens hatte.

»Vorsichtig«, flüsterte eine Stimme, die sie nicht identifizieren konnte.

»Langsamer«, raunte eine zweite Stimme zurück.

An der Wand des Schuppens leuchtete kurz der Lichtkegel einer Taschenlampe auf.

»Ja, so«, sagte die erste Stimme.

Ein dunkler Schatten huschte durch den Lichtkegel.

»Die Plane. Da!« Eine zweite Stimme. Sie klang erregt.

Gegen den Nachthimmel zeichneten sich zwei mit Kapuzen und Jacken vermummte Gestalten ab. Charlotte war sich nicht sicher, ob Jürgen Klose-Sanders, den sie bereits am Nachmittag bei der ungewöhnlichen Tätigkeit in Zachers Garten beobachtet hatte, einer davon war. Sie sah, wie eine Gestalt eine blaue Plastikplane griff, dann in der Bewegung innehielt und laut in ihre Richtung fragte: »Ist da jemand?«

Hastig drehte sie sich um und versuchte, lautlos wegzulaufen. Ihr fielen Martins spöttische Mahnungen ein, dass sie überall das Böse lauern sehen würde. Wie sollte sie es ihm und den Nachbarn in der Kolonie erklären, dass sie nachts heimlich auf anderen Grundstücken herumschlich und die Leute beobachtete? Sie stolperte über eine Unebenheit im Boden, fiel, rappelte sich wieder auf und eilte geduckt zurück auf Martins Grundstück. Ein Ast streifte ihr Gesicht, während die Lichtfinger zweier Taschenlampen suchend die Büsche abtasteten. Hinter sich hörte sie den rasselnden Atem der Verfolger.

Unerkannt erreichte sie die Tür, schlüpfte hinein, ließ sie zufallen und lehnte sich nach Luft ringend von innen gegen das Türblatt. Sie war der Entdeckung durch die Unbekannten entkommen.

Sie hatte keine Zeit, über das Gesehene nachzudenken: David war aufgewacht, gab erste Laute der Unbehaglichkeit von sich.

»Schsch«, versuchte sie ihn zu beruhigen, nahm ihn auf und presste sein kleines Köpfchen liebevoll gegen ihre Wange.

»Ja, Mama ist ja da. – Ja. – Ja, mein Liebling«, flüsterte sie sanft, während sie in der Dunkelheit des engen Raums auf und ab ging. Doch David gab keine Ruhe; sein Quengeln ging in ein lautes, heftiges Weinen über.

»Mama ist doch da«, sagte sie tröstend und legte ihn behutsam auf die Campingliege. Erschrocken hielt sie inne, als sie einen Blutfleck auf dem Babyjäckchen knapp unterhalb seiner Schulter sah. »Was ist das?«, entfuhr es ihr voller Sorge. Hastig öffnete sie das Jäckchen und fuhr suchend mit den Fingerspitzen über Davids Brust.

Nichts war zu sehen. »Was ist denn da passiert?«, murmelte sie.

Mechanisch schob sie sich die Strähne hinters Ohr, die ihr immer hartnäckig ins Gesicht fiel, egal welche Länge ihre Haare hatten. Mitten in der Bewegung hielt sie inne, tastete über ihre Wange kurz vor dem linken Ohr und betrachtete im fahlen Licht, das in die Laube fiel, ihre Fingerspitzen. Erleichtert atmete sie auf.

Bei ihrem Schleichen durch die Büsche musste sie sich an irgendeinem Ast geratscht haben. Im Eifer der Spähaktion hatte sie es nicht bemerkt, und als sie David gegen ihre Wange gedrückt hatte, hatten sich Blutspuren auf der Babyjacke verwischt. Gott sei Dank war ihm nichts geschehen.

# FÜNF

Der Morgen zeigte sich friedlich: Das herbstliche Blau des Vortags war einem bewölkten Himmel gewichen. Das hinderte die Vogelwelt aber nicht daran, aus voller Kehle ein fröhliches Konzert anzustimmen.

Ebenso wenig hinderte es Helga Reimann daran, schon in aller Herrgottsfrühe auf den Beinen zu sein. Zufrieden sah sie sich in ihrem Garten um: Zwei Keramikenten watschelten über den Rasen, ein Windrad in Regenbogenfarben war in die Grasnarbe gesteckt, ein Beet durch kleine Stangen abgegrenzt. Die Hollywoodschaukel mit den akkurat ausgerichteten blauen Kissen fehlte ebenso wenig wie eine Blumenampel, die vom Ast eines knorrigen Baums herabbaumelte. Zusätzlich standen überall Pflanzschalen auf dem Rasen, in denen bunte Blumen blühten. Nur ein Detail störte die Perfektion der Parzelle.

Helga Reimann, wie immer in ihren bunten Kittel gekleidet, hielt einen Spaten in der Hand und lauerte geduldig vor dem Erdhaufen inmitten des gepflegten Rasens. Plötzlich, man hätte es ihrem Alter nicht zugetraut, schlug sie mit der Flachseite zu. Zufrieden legte sie den Spaten zur Seite, bückte sich, packte den soeben erlegten Maulwurf und warf ihn in einen Eimer.

***

Charlotte war zunächst zu aufgewühlt gewesen, um zu schlafen, aber irgendwann hatte sie die Müdigkeit übermannt, und sie hatte sich auf die wackelige Campingliege vor dem Kinderreisebett gelegt.

Als sich jetzt knarrend die Laubentür öffnete, schreckte sie jäh auf und griff panisch nach der kleinen Hacke, die sie gestern Nacht noch neben ihr Kissen gelegt hatte. Dann blinzelte sie verschlafen gegen das Licht, das durch die Tür fiel.

»Guten Morgen«, vernahm sie die fröhliche und ausgeschlafene Stimme Martins, der einen faltbaren Einkaufskorb am Arm trug und die Spitzhacke mit einem befremdeten Blick bedachte.

Charlotte legte die Hacke hastig beiseite und fasste sich an die Stirn. »Entschuldige. Dieses Halloween macht einen wirklich ganz verrückt.«

Während Martin zur primitiven Küchenzeile ging, stemmte sie sich mühsam von der Liege in die Höhe. »Was ist nur mit dem guten alten Martin passiert?«, fragte sie.

»Ich hab einfach Ohrstöpsel benutzt«, erklärte Martin, während er das mitgebrachte Frühstück aus dem Korb holte und auf die Resopalplatte legte.

»Ich meine *Sankt* Martin«, sagte Charlotte und beobachtete Martin, der kritisch an einer Paprika roch. Hungrig griff sie ein Croissant und biss genüsslich hinein. Mit vollem Mund sagte sie: »Früher haben wir einfach ›Laterne, Laterne‹ gesungen, nicht ›Trick or Treat‹ gebrüllt.«

Martin hielt inne, als er die Schramme an ihrer Wange bemerkte. Er schob die Haare zur Seite. »Was ist das denn?«

»Ach, nur ein blöder Ast«, versuchte Charlotte abzuwiegeln und ging Richtung Tür.

»Wo geht's denn hin?«, rief Martin ihr nach, während er eine Packung Quark aus dem Korb holte.

Aber Charlotte hatte ihn schon nicht mehr gehört. Sie durchquerte den Garten, kreuzte den Weg, warf einen Blick auf die träge im lauen Wind wehende Kanadaflagge über Zachers Grundstück und betrat die Parzelle. Bei Tageslicht sah alles weit weniger geheimnisvoll aus. Die zwei Gestalten mussten sich in der Nacht an einem unbepflanzten Beet zu schaffen gemacht haben. Alles wirkte harmlos.

Charlotte bückte sich und wühlte mit den Fingerspitzen vorsichtig in dem krumigen Boden. Schließlich entdeckte sie neben dem Gemüsebeet ein kleines Stück Holz oder Knochen, an dem noch frische Erde klebte. Vorsichtig versuchte sie, den Schmutz mit den Fingern zu entfernen. Aber auch dann war nicht erkennbar, worum es sich bei ihrem Fundstück handelte.

Sie kniete sich hin und grub mit bloßen Händen im Beet, ohne noch einmal fündig zu werden. Schließlich brach sie ihre Suchaktion ab.

Sie wollte das Zacher'sche Grundstück gerade verlassen, als das allgegenwärtige Ehepaar Schröder mit ihren Fahrrädern und dem Dobermann an der Leine den Gartenweg entlangfuhr. Die beiden sahen Charlotte erstaunt an, als sie sie beim Verlassen des fremden Areals überraschten.

Trotz ihrer Verblüffung grüßte Margret Schröder mit einem »Guten Morgen«, während ihr Mann, der ein Pflaster auf der Wange trug, schweigend vorbeifuhr.

»Hallo«, erwiderte Charlotte ertappt. Warum war sie nicht vorsichtiger gewesen?

***

Das Fundstück ließ Charlotte keine Ruhe. Immer wieder hatte sie es betrachtet und war sich mittlerweile sicher, dass es sich um einen Knochen handelte. Ob er allerdings von einem Menschen stammte oder von einem Tier, konnte sie nicht sagen. Sie beschloss, es durch einen Kriminaltechniker ihrer Dienststelle untersuchen zu lassen.

Martin hatte sie gleichermaßen erstaunt und erfreut angesehen, als sie ihn gebeten hatte, auf David aufzupassen. Er kümmerte sich so liebevoll um das Kind, als wäre es sein eigenes, dafür war sie ihm unendlich dankbar.

Im Radio hatte sie gehört, dass sich in der Berliner Allee ein Unfall ereignet hatte und sich der Verkehr bis zur Marienstraße zurückstaute, deshalb war sie auf den Friedrichswall abgebogen, ohne dem repräsentativen Bau des »Neuen Rathauses« große Beachtung zu schenken. Sie war schon auf dem Leibnizufer, parallel zur Leine, als ihr bewusst wurde, dass man als Einheimische völlig blicklos an den herausragenden Orten und Bauwerken seiner Heimat vorbeifuhr, für die so mancher Tourist in die Stadt kam.

Am Königsworther Platz beim Zubringer zum Westschnellweg staute sich der Verkehr wie immer. Charlotte bog ab, ließ den Klagesmarkt rechts liegen, unterquerte die düstere Eisenbahnbrücke nördlich des Hauptbahnhofs und hatte kurz darauf das Landeskriminalamt erreicht.

Jetzt saß sie in Bitomskys Büro und sah zu, wie er am Fenster stand, den Gegenstand bedächtig in seinen Fingern drehte und betrachtete.

»Nehmen wir mal an, es handelt sich tatsächlich um einen menschlichen Knochen«, sagte er schließlich, »wem soll er denn Ihrer Meinung nach gehören?«

»Das weiß ich noch nicht«, gestand Charlotte.

Bitomsky runzelte zweifelnd die Stirn. »Das ist aber mehr als vage.«

»Ja, aber das kostet doch nichts, den Knochen untersuchen zu lassen.«

Bitomsky verließ seinen Platz am Fenster und hielt ihr das Fundstück entgegen. »Diesen Knochen oder das Stück Holz untersuchen zu lassen kostet einen meiner Mitarbeiter in der Forensik mehrere Stunden an Arbeit. Sie wissen doch, wie es aussieht bei den ganzen Etatkürzungen.« Er nahm wieder an seinem Schreibtisch Platz und legte das geheimnisvolle Stück auf die Arbeitsplatte.

»Sie haben ganz recht. Und wenn es sich dann wirklich als ein Verbrechen herausstellt, dann wird es ja praktisch unbezahlbar«, antwortete Charlotte spöttisch. Es ärgerte sie, dass Bitomsky glaubte, sie belehren zu müssen.

Bitomsky holte tief Luft und atmete dann hörbar aus. »Frau Lindholm«, sagte er in einem Ton, als müsse er einem widerspenstigen Kind etwas erklären, »Sie haben ja noch nicht einmal einen konkreten Verdacht, um wessen Knochen es sich handeln *könnte*. Tut mir leid, aber ...«

Charlotte hatte während Bitomskys Ausführungen gedankenverloren die Flaggen auf seinem Schreibtisch betrachtet.

»Kanada«, unterbrach sie ihn. Zugegeben, es war eine weit hergeholte Idee, die ihr plötzlich in den Sinn kam, als sie die rot-weiße Flagge mit dem Ahornblatt ansah. »Ja, vielleicht Helmut Zacher. Das ist der Pächter des Gartens, von dem alle behaupten, er sei vor Jahren nach Kanada ausgewandert.« Sie erinnerte sich an Helga Reimanns Erklärungen.

Bitomsky musterte sie nachdenklich. Dann kniff er die Lippen zu einem schmalen Strich zusammen, holte tief Luft und griff mit einem Seufzer zum Telefon.

Der fast kahlköpfige Kriminaldirektor wirkte auf den ersten Blick etwas spröde. Oft genug hatte Charlotte erfahren müssen, dass er abwiegelte, Bedenken äußerte und ihre Ideen und Gedanken zu zerstreuen suchte. Sie schätzte an ihm aber, dass er trotz aller Prinzipientreue auch unorthodoxe Entscheidungen traf und – wenn er ihren Bitten und Wünschen folgte – verlässlich hinter ihr stand.

»Ja, Bitomsky hier. Hallo. – Ja, geht wie immer viel zu schnell vorbei. – Oberbayern. Wieso? Da kann man herrlich wandern ...«

Charlotte merkte ihm an, dass es ihm peinlich war, in ihrer Gegenwart private Fragen beantworten zu müssen. Schließlich warf er ihr einen kritischen Blick zu.

»Äh, seien Sie doch so gut und überprüfen Sie was für mich. Ja?« Er lehnte sich zurück. »Um eine Ausreise nach Kanada. – Ja, ja, mit Visum, denk ich. Ein Helmut ...« Er sah Charlotte fragend an.

»Zacher«, half sie.

»Zacher, Helmut. Zacharias, Anton, Cäsar, Heinrich ... Wann?« Bitomsky nickte Charlotte zu, griff zum Fundstück und spielte damit.

»Äh, zwischen 95 und 98.« Charlotte ärgerte sich, dass sie keine präziseren Angaben machen konnte. Bitomsky quittierte ihr unzureichendes Wissen prompt mit missbilligendem Augenrollen.

»Sie haben gehört.« Ungeduldig klopfte er mit dem Gegenstand auf seine Schreibtischplatte. »Ja. – Ja, ich warte.«

»Darf ich?« Charlotte beugte sich über den Tisch und nahm ihm den Knochen aus der Hand.

»Mhm«, murrte ihr Vorgesetzter, griff einen Stift und klopfte stattdessen damit weiter nervös auf die Schreibunterlage.

»Ja! Aha. Ja.« Er notierte sich etwas auf seinem Schreibblock. »Gut. Danke.« Ein zufriedenes Lächeln huschte über sein Gesicht. »Ja, das machen wir mal. Gut. Tschüss«, verabschiedete er sich schließlich, legte den Hörer auf, faltete die Hände und sah Charlotte an. »Also! Wir haben keinen Verdächtigen, wir haben kein Motiv. Und wie es aussieht, keine Leiche. Helmut Zacher ist am 14.8.96 in Kanada eingereist und hat das Land seitdem laut Computer nicht mehr verlassen.« Er lehnte sich zurück und atmete tief ein. Charlotte sah ihm an, dass er schon vor dem Telefongespräch sicher gewesen war, dass sie einem Hirngespinst hinterherlief.

»Geht's dem Kleinen gut?«, wechselte er so demonstrativ das Thema, dass Charlotte wusste, dass Widerstand zwecklos war.

Enttäuscht ließ sie die Schultern sinken. »Danke. Ja«, sagte sie, stand auf und verließ das Büro.

***

Sie hatte sich von dem Besuch auf ihrer Dienststelle mehr versprochen. Bitomsky hatte erst auf ihr Drängen hin Erkundigungen eingezogen, weniger weil er von ihren vagen Argumenten überzeugt war denn aus Kollegialität. Die Ergebnisse seiner Nachforschungen schienen zu bestätigen, dass sie einem Phantom nachjagte.

Sie wartete auf dem Flur auf den Fahrstuhl. Selbst dieser ließ sie im Stich. Charlotte holte tief Luft. Heute schien sich alles gegen sie verschworen zu haben.

Einer Eingebung folgend, wandte sie sich ab und ging den Flur hinunter. In der Tür mit der Aufschrift »Rechtsmedizin« stieß sie mit einem Kollegen zusammen. Für einen Moment fühlte sie sich ertappt.

»Frau Lindholm«, sagte der Mann freundlich und lächelte sie an.

»Hallo«, erwiderte Charlotte.

»Wie geht's dem Kleinen? Alles gut?«

»Bestens!« Charlotte zwang sich zu einem freundlichen Lächeln und sah dem Mann nach, der Richtung Fahrstuhl verschwand. Warum reduzierte sich das Interesse aller Menschen in ihrer Umgebung nur noch auf ihre Rolle als Mutter, sei es Martins, Bitomskys oder wie eben das des Kollegen?

Im Flur mit den Glasvitrinen, in denen Präparate außergewöhnlicher Untersuchungen ausgestellt waren und Schädel, Skelettteile und Knochen von der Arbeit der Rechtsmediziner kündeten, begegnete sie weiteren Kollegen. Sie vermied es, sich auf Gespräche einzulassen.

Ohne anzuklopfen, betrat sie den Arbeitsraum Graberts, den sie aus der früheren Zusammenarbeit kannte und schätzte. Das Eckzimmer war eine Mischung aus Büro und Labor. Ein schlichter Arbeitstisch mit Bürostuhl, ein großer Kühlschrank zur Aufbewahrung von Proben und Chemikalien, Laborgeräte, graue Ordner, die aus Platzmangel auf der Fensterbank aneinandergereiht waren – der Raum war Charlotte immer unstrukturiert erschienen.

In der Ecke des Zimmers stand ein Mann, der ihr den Rücken zuwandte. Er war mit Stiefeln und Jeans bekleidet und zog sich gerade ein Poloshirt über den nackten Oberkörper. Verstohlen betrachtete Charlotte das Muskelspiel an Rücken und Armen und erhaschte einen Seitenblick auf seinen flachen Bauch.

Er fuhr zusammen, als sie einen Schritt näher kam, und drehte sich um.

»Ach, Entschuldigung, ich wollte Sie nicht erschrecken«, sagte Charlotte.

»Kein Problem. Ich hatte gerade … wir hatten gerade eine Obduktion, da …«, stammelte der Mann, griff sich den blutbefleckten grünen Kittel, der vor ihm auf dem Tisch lag, und warf ihn in den Behälter für schmutzige Wäsche. Dabei näherte er sich Charlotte.

»Ich suche Herrn Grabert«, sagte sie und musterte den Mann, der mittlerweile drei Schritte vor ihr stehen geblieben war. Er war jung, Charlotte schätzte ihn auf höchstens dreißig, vielleicht noch jünger. Das Poloshirt hing über der Jeans, aus den kurzen Ärmeln ragten Arme, die offenbar nicht in einem Fitnessstudio gestählt, aber trotzdem muskulös waren. Sein volles mittelbraunes Haar hing ihm keck knapp in die Augen. Ein hübscher Kerl.

»Der hat Urlaub.«

»Und wer ist jetzt zuständig?«, fragte Charlotte.

Der Mann kam noch einen Schritt auf sie zu und streckte ihr die Hand entgegen. Es wirkte fast linkisch. Definitiv noch keine dreißig, dachte Charlotte.

»Ich bin Edgar. Edgar Strelow.« Dann schüttelte er ihre Hand.

»Charlotte Lindholm, Kriminalhauptkommissarin.«

»Ah, wir haben telefoniert«, sagte Edgar und hielt immer noch ihre Hand und ihren Blick fest.

»Aha.« Charlotte hatte das Gefühl, als würde ihre Stimme eine Spur belegt klingen. Vorsichtig entwand sie sich Edgars Hand und sah auf ihre, die sie noch für einen kurzen Moment ausgestreckt hielt. Sie erinnerte sich nicht, mit ihm gesprochen zu haben.

Er sah ihr immer noch in die Augen. »Wegen dem Herzinfarkt. Im Kleingarten.«

»Ja und? Was ist damit?« Sie war wieder auf sicherem Terrain. Wieso machte sie dieser Frischling so nervös?

»Es war ein natürlicher Tod.«

Charlotte atmete enttäuscht aus. »Sind Sie sicher?«

»Mmhm. Verschluss der linken Koronararterie«, erklärte Edgar, jetzt ganz der konzentrierte Fachmann.

Charlotte begann, an ihrem Bauchgefühl zu zweifeln. Nicht nur Bitomskys Rückfragen, auch die Rechtsmedizin ließ nicht den leisesten Verdacht zu, dass bei Albrecht Leimens Tod Fremdverschulden vorliegen könnte.

»Wann ist Herr Grabert denn wieder da?«

»Nächste Woche.«

Charlotte stand einen Moment irritiert vor Edgar, bevor sie mit leiser Stimme sagte: »Okay. Danke.« Sie drehte sich um und wollte den Raum verlassen, als Edgar sie mit einem schnellen Schritt überholte, sich vor sie stellte und ihr den Weg versperrte.

»Aber vielleicht kann ich Ihnen ja helfen«, bot er ihr an.

Sie schüttelte den Kopf. »Ich wollte ihn nur um einen Gefallen bitten.«

»Ja, gerne«, sagte Edgar und sah ihr wieder direkt in die Augen. »Was Sie wollen.«

Charlotte zögerte, ob sie Edgar um die Hilfe bitten sollte, die sie sich von Grabert erhofft hatte. Sie entschloss sich, es zu versuchen, griff in die Tasche ihrer Jacke, holte den kleinen Plastikbeutel mit dem Fundstück aus Zacherts Gemüsebeet hervor und hielt es ihm hin.

»Können Sie mir sagen, ob dieser Knochen menschlichen Ursprungs ist?«

Edgar nahm die Tüte entgegen, ohne dabei seinen unverwandt auf Charlotte gerichteten Blick zu senken. »In welchem Zimmer finde ich Sie denn?«, fragte er leise mit seiner angenehmen und ruhigen Stimme.

»Was? Warum?« Charlotte spürte, dass es ihr immer noch nicht gelungen war, ihre Verwirrung in den Griff zu bekommen. Sie wollte dem jungen Mann nicht erklären, dass sie derzeit über keinen festen Arbeitsplatz verfügte, sondern neben ihrer Mutterrolle nur auf Teilzeitbasis tätig war.

»Na, wegen des Ergebnisses?«, sagte Edgar und ließ ein charmantes Lächeln aufblitzen.

Charlotte stieß fast einen Seufzer der Erleichterung aus. »Ach ja. Klar. Ich bin viel unterwegs, im Außendienst. Am besten ist, Sie rufen mich auf meiner Handynummer an. – *Nur* die Handynummer!« Sie gab ihm ihre Visitenkarte.

»Mhmh«, sagte Edgar und sah sie wieder mit seinem merkwürdig intensiven Blick an.

»Danke.« Charlotte schlängelte sich an ihm vorbei und ging zur Tür. Im Türrahmen zögerte sie noch einmal und sah Edgar kurz an.

»Mach ich«, rief er ihr leise hinterher.

Charlotte saß in ihrem Wagen, startete den Motor aber noch nicht. Der junge Mann und sein unverhohlen gezeigtes Interesse an ihr hatten sie verwirrt. Sie warf einen kritischen Blick in den Rückspiegel und strich prüfend ihre blonden Haare zurück. Erst als sie einen hellen Fleck am Kragen ihrer Bluse entdeckte, der nach ausgespuckter Milch aussah und sie an ihre Mutterrolle erinnerte, lächelte sie gelöst. Er war sowieso viel zu jung für sie.

## SECHS

An den letzten Sonnentagen des Oktobers schien es, als würde die Natur zum Herbstende noch einmal ein besonderes Feuerwerk entzünden wollen. Die Herbstblumen blühten üppig, die Blätter leuchteten in allen Farben, und an den Bäumen hingen überreife Früchte.

Dem Garten der Reimanns war anzusehen, dass das Ehepaar ihn schon seit Langem bewirtschaftete. Puristen würden die kleinteilige Gestaltung kritisieren. Es schien, als hätten die Besitzer jede neue Idee verwirklicht und dafür eine weitere kleine Ecke des Areals abgezwackt. Dabei war noch Platz für eine hölzerne Veranda vor dem Häuschen und einen Mini-Bauerngarten geblieben. Selbst der wurde zum Aufstellen von Figuren genutzt.

Helga Reimann mähte den Rasen. Das Dröhnen des Benzinmotors war weithin hörbar.

In den benachbarten Arealen wurde ebenfalls gearbeitet. Die Nachbarin zur Rechten jätete Unkraut, ein anderer Gartenfreund in Gärtnerkleidung harkte Herbstlaub zusammen.

Klaus Reimann trug eine blaue Latzhose und einen Pullover. Auf seinem grauen Haar saß ein Cordhut; in den Händen hielt er eine Schaufel, deren Spitze auf ein etwa quadratmetergroßes Loch in der Rasenfläche von Martin Felser zeigte. Reimann hatte sich angeboten, dem Gartennovizen Martin eine praktische Unterweisung im Gärtnern zu erteilen und ihm beim Anlegen einer Kompostkuhle behilflich zu sein.

Martin mühte sich ab, eine mit Mutterboden gefüllte Schubkarre in der Balance zu halten.

»Und jetzt rein damit«, wies Reimann ihn an.

Ächzend stemmte Martin die Karre an den beiden Griffen hoch, um den Inhalt in das Loch zu kippen.

»Jawoll! Das gibt 'nen guten Mischboden.« Reimann kratzte mit der Schaufel die restliche Erde aus der Karre. »Das ist wichtig, damit es nicht fault«, erklärte er und reichte Martin, der die Karre abgestellt hatte, die Schaufel. »Sonst haben Sie nicht nur den Gestank, sondern auch gleich den Vorstand am Hals.« Er sah zu, wie Martin die Erde mit der Schaufel gleichmäßig in dem Loch verteilte.

»Sind die denn so streng?«, fragte Martin erstaunt.

Reimann fingerte eine Zigarette aus einer zerknautschten Packung und bot sie Martin an. »Na ja, neuerdings schon. Albrecht hätte das nicht so eng gesehen, aber ... der ist ja nun nicht mehr.«

Martin winkte ab. »Oh, danke schön, nein.«

Reimann verstaute die Packung wieder in der Brusttasche seiner Latzhose, holte ein Feuerzeug heraus und zündete sich die Zigarette an. »Ihre Freundin ... sollte nicht in der Laube übernachten«, sagte er beiläufig.

Martin hielt inne, sah instinktiv zum kleinen Gartenhäuschen und stützte sich auf dem Stiel der Schaufel ab. »Wieso? Ist das denn gefährlich?«

Reimann blies ihm eine blaue Wolke entgegen. »Es ist verboten. Außer am Wochenende. Das haben die Schröders damals durchgesetzt, dass es in die Verordnung kommt. Die Regina Zacher hat mal eine Zeit lang in der Laube gewohnt, weil sie Stunk zu Hause hatte. Aber das passte denen nicht. Vor allem *Frau* Schröder. Hatte wohl Angst, dass Regina ihr den Alten ausspannt.« Er sog erneut an seiner Zigarette.

Martin sah auf. »Gab's denn dafür einen Grund?«

»Regina lief im kleinsten Bikini der Welt durch die Kolonie. Alle Männer hier fanden das sehr ansprechend.« Reimann grinste und sah Martin an, der die Bemerkung mit einem »Ja, wir sind doch alle nur Männer«-Lächeln zu quittieren versuchte.

***

Charlotte näherte sich dem Garten der Schröders und musste erneut denken, dass dessen Lage direkt unter einem Hochspannungsmast ihr nicht behagt hätte. Wenn schon Natur, dann bitte richtig.

Schröder hockte zwischen den Gartenzwergen und machte die Beete winterfest. Die Plane, mit der er die Pflanzen abdeckte, sah genauso aus wie die, die sie in der Nacht bei ihrer heimlichen Erkundung auf der Parzelle der Zachers gesehen hatte.

Er war so vertieft in seine Arbeit, dass er Charlotte erst bemerkte, als der Dobermann in großen Sprüngen auf den Gartenzaun zustürmte und sie feindselig anknurrte. Schröder sah auf und fixierte sie, ohne ein Wort zu sagen. Erst als Charlotte dem Gartenweg weiter folgte, setzte er seine Tätigkeit fort.

Charlotte erreichte das Grundstück des Lehrerehepaars Klose-Sander. Die Parzelle wurde von großen Skulpturen aus Altmetall dominiert, die wie mutierte Insekten aussahen. Sie musste an letzte Nacht denken, als das Quietschen der ungeölten Scharniere sie so erschreckt hatte. Die Fühler aus rostigen Eisenstangen erinnerten sie an die, mit der Jürgen Klose-Sanders hinter Zachers Gartenhäuschen die Löcher in den Boden gebohrt hatte.

Zwischen den Skulpturen entdeckte sie Andrea, die einen Kürbis erntete.

Charlotte blieb stehen. »Waren Sie das?«, fragte sie über den Gartenzaun hinweg.

Andrea richtete sich auf. »Was?«

»Sind Sie die Künstlerin?« Charlotte wies auf die Skulpturen.

Andrea näherte sich dem Gartenzaun, dabei umklammerte sie den Kürbis so, als wolle sie sich daran festhalten. »Ach. Na ja, ich bin Kunstlehrerin«, sagte sie schüchtern, und es klang fast wie eine Entschuldigung. Dabei schob sie die Brille ein Stück höher, offenbar eine nervöse Angewohnheit von ihr.

Charlotte bemerkte, wie Andreas Mann durch den hinteren Teil des Gartens schlich und sie argwöhnisch beobachtete. Sie lächelte Andrea an. »Die sind ganz schön imposant.«

Andrea sah sich nach ihrem Mann um. Dann zeigte sie ein erfreutes Lächeln. »Die Nachbarn mögen sie nicht. Aber sie verstoßen ja gegen keine Vorschrift.«

»Wenn überhaupt, sollte man Gartenzwerge verbieten.« Charlotte waren die obskuren Skulpturen allemal lieber als die spießigen Zwerge.

Erneut sah die Lehrerin über die Schulter zu ihrem Mann, als wollte sie sich vergewissern, dass er ihrem Gespräch nicht lauschen konnte, dann lächelte sie vorsichtig. »Ich hab eigentlich nur damit angefangen, weil ich solche Angst vor Insekten hatte«, sagte sie fast verschwörerisch.

»Und? Haben Sie sie überwunden?«, fragte Charlotte.

Andrea zuckte die Schultern. »Nicht wirklich. Aber … es gibt schlimmere Ängste.«

Jürgen Klose-Sanders war jetzt damit beschäftigt, sich Gummistiefel anzuziehen. Dabei ließ er die beiden Frauen nicht eine Sekunde aus den Augen.

»Schlimmere? Welche?«, erkundigte sich Charlotte mitfühlend.

»Ach …«, wiegelte Andrea mit einem Schulterzucken ab und lachte nervös, während ihr Mann sich aus dem Hintergrund näherte.

»Ich bin Psychologin. Wenn Sie mal reden wollen …? Vielleicht hilft das ja?«, versuchte Charlotte sie zu ermutigen.

»Was hilft?«, mischte sich Jürgen Klose-Sanders ein.

Augenblicklich veränderte sich Andreas Gesichtsausdruck. War er eben noch unsicher, aber durchaus freundlich gewesen, zeigte er sich jetzt ängstlich und verschlossen. Charlotte konnte förmlich spüren, dass sie fürchtete, ihr Mann könnte etwas von dem kurzen Gespräch mit ihr erfahren. Sie sah Charlotte fast flehentlich an.

Charlotte zeigte Jürgen Klose-Sanders ihr strahlendstes Lächeln. »Bewegung und frische Luft!«, sagte sie betont munter und wies mit dem Daumen über die Schulter in Richtung von Martins Parzelle. »Seit wir diese Laube haben, geht's mir wesentlich besser.« Sofort wich die Anspannung aus Andreas Gesicht, und sie sah Charlotte dankbar an.

Jürgen Klose-Sanders zog fragend eine Augenbraue in die Höhe.

»Charlotte Lindholm, Parzelle 34, am Narzissenweg hinten«, erklärte sie und zeigte mit ausgestrecktem Arm in die Richtung.

Es war, als hätte sie ein Zauberwort ausgesprochen. Auch Klose-Sanders entspannte sich sichtlich. »Ach, Sie sind mit Martin Felser hier?« Es klang, als wäre es eine besondere Auszeichnung.

»Ja!« Charlotte nickte bestätigend. Wenn sie weiter so lächeln musste, würde sie morgen Muskelkater im Gesicht haben.

Der Lehrer trat ganz nah an die niedrige Hecke heran und streckte ihr die Hand entgegen. »Jürgen Klose-Sanders«, stellte er sich vor.

»Freut mich«, sagte Charlotte und erwiderte den Händedruck.

»Ein großartiges Buch!«, sagte Klose-Sanders.

»Ich sollte es unbedingt mal lesen«, sagte Charlotte mit entschuldigendem Achselzucken.

Andrea war sichtlich erstaunt. »Sie kennen es nicht?«, fragte sie.

Auch Jürgen Klose-Sanders schien überrascht.

»Nein!« Charlotte griff sich an den Hals. »Also, mir ist es einfach zu blutrünstig.« Sie hatte mehrere Anläufe unternommen, Martins neuesten Roman »Der satanische Kreis« zu lesen. Vielleicht lag es daran, dass sie in der Realität mit Tod und Blut konfrontiert war, jedenfalls schaffte sie es nicht, sich für Martins Krimi zu begeistern. Eine Tatsache, die ihn mehr verletzte, als er zugab.

»Oh«, antwortete Andrea und wirkte dabei wie ein überraschter Teenager. Charlotte sah ihr an, dass sie das Thema gern vertieft hätte, aber ihr Mann fragte plötzlich:

»Äh, Frau Schröder fragt, was mit den Kostümen ist.«

»Kostüme?«, mischte sich Charlotte ein.

»Für das Erntedankfest«, erklärte Klose-Sanders, und Andrea ergänzte: »Wir machen eine kleine Aufführung mit den Kindern aus der Kolonie.«

»Das ist ja toll. – Kann ich da mitmachen?«, fragte Charlotte schnell. Eine bessere Gelegenheit, einen Großteil der Kleingärtner zusammenzuhaben, würde sich in nächster Zeit vermutlich nicht ergeben.

Klose-Sanders warf ihr einen zweifelnden Blick zu, während es in Andreas Augen kurz aufblitzte. »Das wollen Sie sich doch nicht freiwillig antun?«

»Wieso nicht? Wenn da alle mitmachen.« Charlotte lächelte verbindlich.

»Wir treffen uns am Donnerstag …«, sagte Andrea schnell, bevor ihr Mann weitere Einwände vorbringen konnte, »… um fünf im Vereinshaus«, ergänzte sie.

Jürgen Klose-Sanders war deutlich anzumerken, dass ihm Charlottes Interesse nicht behagte.

»Gut«, sagte Charlotte, während sich Klose-Sanders vorbeugte und sie aus der Nähe musterte.

»Was ist denn mit Ihrer Wange?«, fragte er und sah sie prüfend an.

Charlotte war über die Frage irritiert. »Da hat mich mein Sohn mit einem Spielzeug gekratzt«, suchte sie nach einer Ausrede.

»Mütter leben gefährlich«, sagte der Lehrer, und es klang fast wie eine subtile Drohung.

Bevor er weitere Fragen stellen konnte, drehte sich Charlotte um. »Schönen Tag«, wünschte sie dem Ehepaar und entfernte sich auf dem Gartenweg. Nach ein paar Schritten drehte sie sich noch einmal um und sah, wie Andrea ihr mit einem versonnenen Blick hinterherschaute, während Klose-Sanders finster dreinblickte.

Die Mitglieder des Kleingartenvereins waren eine merkwürdige Gemeinschaft, dachte Charlotte. Alle erweckten den Eindruck, als hätten sie etwas zu verbergen und trachteten eifrig danach, es keinem Außenstehenden zugänglich zu machen. Sie erinnerte sich an die Begebenheit im Büro des Vereinshauses, als sie Helga Reimann und Andrea Klose-Sanders beim Stöbern in dem Aktenordner überrascht hatte.

Entschlossen lenkte sie ihre Schritte zum Vereinsheim.

Im Gegensatz zur Betriebsamkeit, die in den Parzellen herrschte, wirkte die Gaststätte verwaist. Die Stühle waren auf die Tische gestellt, die Barhocker auf den Tresen, der Boden war feucht. Auf leisen Sohlen schlich sich Charlotte zum Schanktisch. An der Stirnseite bemerkte sie einen Wischeimer und einen Schrubber. Offenbar war gerade jemand mit der Reinigung beschäftigt, obwohl niemand zu sehen war.

Charlotte verharrte einen Moment und lauschte. Auch

zu hören war nichts. Sie drehte sich noch einmal um, bevor sie kurzerhand hinter den Tresen schlüpfte, die Tür zum Büro öffnete und rasch in den Raum trat. Ein zweiter Blick über die Schulter bestätigte ihr, dass sie allein war. Sie umrundete den Schreibtisch und ging auf das Regal zu, in das Helga Reimann den Ordner zurückgestellt hatte, um ihn vor ihr zu verbergen. Charlotte nahm ihn heraus und schlug ihn auf, um jenes Papier zu finden, über das sich die beiden Frauen so interessiert gebeugt hatten.

Nach kurzem Blättern hatte sie es gefunden: Es handelte sich um den Grundriss der Parzelle 39, die auf den Namen des Pächters Zacher eingetragen war. Auf dem Dokument waren nicht nur die Außenmaße und die Zuwegung, sondern auch die Laube eingezeichnet. Irgendjemand hatte mit Rotstift die rechte Parzellengrenze um siebenundvierzig Zentimeter zuungunsten Zachers verschoben.

Charlotte war zu vertieft, um zu bemerken, dass Margret Schröder durch eine Seitentür in den Gastraum eingetreten war und sich noch einmal die Finger an einem Lappen abwischte, bevor sie sich bückte, um den Wischeimer aufzunehmen. Sie stutzte, als sie Fußabdrücke auf dem sauberen Boden bemerkte, stemmte die Hände in die Hüften und folgte den Spuren energisch ins Büro.

Erschrocken sah Charlotte auf, als sie in der Tür erschien, die Hände mit dem Wischlappen faltete und fragte: »Was suchen Sie denn?«

»Ach, Entschuldigung, es war niemand hier, da dachte ich …«, stammelte Charlotte ertappt und hielt den Ordner geistesgegenwärtig so, dass Margret nicht erkennen konnte, an welcher Stelle sie gesucht hatte.

Margret Schröder umrundete den Schreibtisch und kam auf Charlotte zu, während diese im Plauderton zu erklären versuchte: »Wir würden gerne unsere Laube vergrößern. Ich wollte mal den Grundriss von unserer Parzelle anschauen.«

»Ach«, sagte Margret und entriss Charlotte förmlich den Ordner.

»Tja, war nichts drin«, sagte Charlotte und ging Richtung Tür. Unterwegs drehte sie sich noch einmal um. »Wen frage ich denn da am besten?«

Margret Schröder stellte den Ordner in die Lücke im Regal zurück. »Ich sage meinem Mann Bescheid«, sagte sie und setzte spitz hinzu: »Frau *Lindholm*.«

Charlotte sah sie überrascht an. Der Blick, mit dem Margret sie maß, spiegelte unverhohlene Missbilligung, wobei Charlotte nicht sagen konnte, was die Kleingärtnerin mehr erschütterte: dass sie nicht mit Martin Felser verheiratet war oder dass sie ungefragt im Büro in den Unterlagen geblättert hatte.

Mit einem Seufzer verließ sie endgültig das Büro.

***

Martin und Klaus Reimann hatten die Zeit, die Charlotte mit ihren Erkundigungen verbracht hatte, genutzt, um weiter an der neu entstehenden Kompostkuhle zu arbeiten.

Sie knieten vor dem frisch angelegten Quadrat; Martin versuchte unbeholfen, die letzten Unebenheiten mit einer Handschaufel zu begradigen. Dabei bemerkten sie nicht, dass Charlotte in den Garten zurückgekehrt war. Sie ging direkt auf das Kinderreisebett zu, das im Schutz der Laube stand.

Charlotte erschrak, als sie sah, dass David nicht mehr unter der leichten Decke lag. Suchend drehte sie sich um, konnte ihn aber nirgends entdecken.

»Wo ist David?«, fragte sie alarmiert.

Die beiden Männer drehten sich zu ihr um.

»Drin. Helga ist bei ihm«, sagte Martin.

»Nein, er ist weg.« Charlotte hatte lauter gesprochen. Wie konnte Martin seine Aufsichtspflicht so sträflich verletzen? Sie versuchte, die aufkeimende Panik zu unterdrücken.

»Dann hat sie ihn kurz mitgenommen.« Martin konzentrierte sich wieder auf die Kompostkuhle, in die Klaus Reimann den Inhalt des Marmeladenglases gekippt hatte. Für einen Moment sahen alle drei auf den Haufen durcheinanderkriechender Würmer.

»Keine Sorge!«, rief Klaus Reimann Charlotte nach, als sie im Eiltempo den Garten verließ.

Martin war die Situation sichtlich peinlich. »Entschuldigung. In letzter Zeit ist sie ein wenig komisch«, versuchte er, Charlottes Verhalten zu rechtfertigen.

Reimann griff mit bloßer Hand in den Haufen sich windender Würmer und verteilte sie gleichmäßig. »Als unser Jüngster geboren war, hat Helga auch überreagiert. Keiner durfte ihm zu nahe kommen. Da sind wir als Väter außen vor«, sagte er wissend. Es klang, als würde er Martin eine Lebensweisheit weitergeben.

Martin zuckte zurück und verzog angewidert das Gesicht, als er den Würmern dabei zusah, wie sie sich ihren Weg in das Erdreich bohrten. Er vermied es aber, Reimanns irrtümliche Vermutung, er wäre der Vater, aufzuklären.

***

Die Pfade in der Anlage erschienen Charlotte wie Irrwege. Überall waren die Kleingärtner mit Arbeiten in ihren Parzellen beschäftigt, die für Charlotte alle gleich aussahen. Sie schien sich verlaufen zu haben und fand sich in einer Sackgasse wieder. Auch die mächtigen Betonklötze der Hochhaussiedlung am Rande der Kleingartenkolonie halfen ihr nicht bei der Orientierung. Auf dem verwaisten Spielplatz mit den reichlich abgenutzten Spielgeräten fand sich keine Spur von Helga Reimann und David. Immer schneller lief sie durch das ihr plötzlich riesig erscheinende Areal der Anlage, bis sie erleichtert die Reimann'sche Parzelle entdeckte.

Mitten auf dem Rasen lag David auf einer Decke, strampelte fröhlich mit den Füßchen und hielt eine Art Wurzel in seinen kleinen Händen, an der er hingebungsvoll nuckelte. Ein schwarzer Käfer machte sich gerade daran, auf die Decke zu krabbeln.

Rasch kniete Charlotte sich nieder, nahm ihm die Wurzel aus den Händen und warf sie von sich. Mitsamt der Wolldecke hob sie ihn auf und presste ihn erleichtert an sich.

»Komm, mein Kleiner«, flüsterte sie und starrte auf eine blaue Plane, wie sie sie bereits in der Nacht in Zachers Garten und vorhin bei Schröders gesehen hatte. Dabei bemerkte sie nicht, dass Helga Reimann herangetreten war und im Gegenlicht der Herbstsonne wie ein übergroßer Schattenriss wirkte.

»Ich hab sie gut abgekocht«, sagte Helga und hob die Wurzel auf. »Das ist 'ne Veilchenwurzel. Die hilft beim Zahnen.«

Charlotte küsste David auf den Kopf, bevor sie Helga ansah. »Ich wüsste aber gerne vorher, was mein Sohn bekommt.« Sie hasste es, wenn sich andere ungefragt in ihr Leben und ihre Kompetenzen einmischten.

»Meine haben die damals auch gekriegt, und wir hatten nie Probleme«, sagte Helga besänftigend, während Charlotte sich aus der Hocke in die Höhe bemühte.

»Und wo er ist, möchte ich auch wissen«, setzte Charlotte nach.

Helga schüttelte nachdenklich den grauen Kopf. Es hatte den Anschein, als würde ihr die unüberlegte Handlung leidtun. »Nein, Sie haben recht, ich hätte sagen sollen, dass ich ihn mitnehme. Aber ich wollte doch nur helfen.«

»Schon gut«, antwortete Charlotte leise. Helga hatte es sicher wirklich nur gut gemeint. Trotzdem.

»Sie haben mit der Andrea gesprochen?«, wechselte Helga abrupt das Thema.

»Der Buschfunk scheint ja ganz gut zu funktionieren.« Sofort ärgerte sich Charlotte über sich selbst, dass sie ihren Groll nicht besser unter Kontrolle hatte.

Helga ignorierte ihre Verärgerung geflissentlich. »Ich hab sie zusammen reden sehen«, erklärte sie, und damit schien die kleine Auseinandersetzung für sie abgeschlossen. Sie umrundete Charlotte und bückte sich zu einem randvoll mit Birnen gefüllten Pappkarton, der auf dem Rasen stand.

»Ja, sie hat mich eingeladen, beim Erntedankfest mitzumachen«, sagte Charlotte.

Während Helga dem Karton ein paar Birnen entnahm, jede kritisch begutachtete und sie dann in eine Plastiktüte umfüllte, sagte sie: »Ha, wir können jede Hilfe brauchen.«

Charlotte presste Davids Kopf gegen ihren und wiegte ihn sanft. »Sie ist auf jeden Fall schon ganz aufgeregt.«

»Andrea ist immer schon ein bisschen überspannt gewesen.« Helga Reimann hatte offenbar beschlossen, dass sie genug Birnen umgefüllt hatte, und erhob sich. »Aber in letzter Zeit kriegt sie Realität und Phantasie schon ganz schön durcheinander.« Sie verknotete die Zipfel der Plastiktüte.

Charlotte musterte sie eindringlich. »Wollen Sie damit sagen, dass Andrea psychisch krank ist?«

»Ich würd nie was Schlechtes sagen über die Andrea.« Helga überreichte Charlotte die Tüte mit den Birnen. »Aber haben Sie die Metalldinger gesehen …?« Sie bedachte Charlotte mit einem bedeutungsschweren Blick. »Da kann man es schon mit der Angst kriegen.« Sie versuchte ein zaghaftes Lächeln, das fast wie eine Entschuldigung wirkte.

Charlotte wandte sich zum Gehen, ohne zu antworten, als Helga in die Tasche ihres Kittels griff, die Veilchenwurzel herauszog und sie ihr wortlos in die Jackentasche stopfte.

Auf dem Heimweg zu Martins Laube passierte Charlotte das Grundstück der Klose-Sanders. Eine schmiedeeiserne Balustrade schirmte das kleine Häuschen mit der blauweiß gestreiften Markise und die Terrasse gegen Besucher ab.

Sie hielt inne und beobachtete Andrea, die sie offenbar nicht bemerkt hatte. Die Kunstlehrerin stand einen Moment nachdenklich vor einem runden Gartengrill. Dann warf sie ein paar Arbeitshandschuhe hinein, drehte sich entschlossen um, griff vom Gartentisch einen roten Benzinkanister und schüttete die Flüssigkeit auf den Grill. Aus der Jacke fingerte sie einen elektrischen Kaminanzünder hervor, drückte nervös mehrfach auf den Knopf und hielt die Flamme schließlich in das Rund des Grills. In dem Moment tauchte ihr Mann aus dem Inneren der Laube auf und legte fürsorglich einen Arm um ihre Schultern. In stummem Einvernehmen sah das Ehepaar auf die hell lodernden Flammen, die jäh in die Höhe schossen.

Charlotte war überrascht. So innig hatte sie Andreas Ehemann noch nicht erlebt.

Unbemerkt von den beiden setzte sie ihren Rückweg

fort. Zu gern hätte sie gewusst, was genau das Lehrerehepaar da verbrannt hatte.

***

Martin hatte seine Gartenarbeit für heute abgeschlossen und war bereits dabei, alles für die Heimfahrt vorzubereiten. David war schon im Tragekorb festgeschnallt.

Charlotte wollte ihn gerade hochnehmen – »So, mein Schätzchen, und wir gehen jetzt nach Hause« –, als sie sich an die Wurzel erinnerte, die ihr Helga Reimann in die Tasche gesteckt hatte. Sie zog sie heraus, warf einen angewiderten Blick darauf und wollte das Ding in den Müll werfen, als Martin dazwischenfuhr und ihr die Wurzel aus der Hand nahm.

»Charlotte, Veilchenwurzel ist ein altes Hausmittel!« Er wedelte mit der Wurzel vor Charlottes Gesicht herum. »Im Mütter-Chat hab ich gelesen, dass es das Einzige ist, was wirklich gegen die Schmerzen beim Zahnen hilft.«

Doch Charlotte hatte für heute genug von guten Ratschlägen. Sie entriss Martin die Wurzel und warf sie genervt in den Abfallbehälter. »Die Leute hier sind mir unheimlich, und ich will nichts im Haus haben, was von denen kommt«, erklärte sie mit Entschiedenheit, um sich weiter dem Einpacken zu widmen.

Martin stöhnte laut auf. »Du glaubst doch nicht im Ernst, dass unsere Nachbarn hier irgendwen verbuddelt haben?«

»Es sieht ganz danach aus.« Auch wenn sich alles gegen Charlotte verschworen hatte, es keinerlei Anzeichen für Unregelmäßigkeiten gab, waren ihre Zweifel nicht gewichen. Dafür gab es zu viele Merkwürdigkeiten in diesem Kleingartenverein. Doch Martin sah das offenbar anders. Er ließ seinen Zeigefinger in Höhe seiner Schläfe rotieren, um ihr zu verstehen zu geben, was er von ihrer Theorie hielt.

»Du liest zu viel von diesem Hirnzeugs«, sagte er und nahm ihr hastig die Plastiktüte mit den Birnen aus Reimanns Garten ab, die sie ebenfalls in den Abfall werfen wollte. »Ach übrigens. Die roten Linien im Grundriss, die sagen nur, dass die Grenzen neu gezogen werden. Klaus hat gemeint, dass manche Grundstücke das Höchstmaß überschreiten und dass der Vorstand etwas dagegen unternehmen möchte.«

Charlotte war nicht überzeugt. »Und warum interessieren sich alle für das Zacher'sche Grundstück?«, fragte sie skeptisch.

»Ja, vielleicht … vielleicht geht es gar nicht darum.« Martin flüsterte fast, als befürchtete er, belauscht zu werden.

»Ich hab die Zeichnung doch gesehen«, widersprach Charlotte, während sie die Laube verließen.

»Es ist doch kein Verbrechen, wenn man sich für seine Nachbarn interessiert. Helga ist eine sehr nette alte Dame«, sagte Martin mit Nachdruck.

Charlotte schloss die Tür sorgfältig ab. »Ja, das war die Nachbarin in ›Rosemaries Baby‹ auch. – Komm her, mein Schatz.« Sie nahm ihm den Kindertragekorb ab und verließ die Parzelle. Martin folgte ihr mit einem resignierenden Achselzucken.

## SIEBEN

Durch die bis zum Fußboden reichenden Fenster fiel das helle Tageslicht in den großzügigen Wohnraum. Sie gaben den Blick auf die herbstbunten Bäume frei, die vor dem Haus standen.

Der niedrige Couchtisch mit seinen vier Rädern mochte David später zu unerwünschten Ausflügen ermuntern. Jetzt saß das Kind auf Charlottes Schoß, die es sich auf dem Sofa bequem gemacht und ihre angewinkelten Beine auf die Sitzfläche gestellt hatte. Der Kleine sah sie aus großen Augen an und lachte glucksend, während sie zwei Finger in der Luft kreisen ließ und dann sanft auf seine Brust herabsenkte.

»Himpelchen war ein Heinzelmann und Pimpelchen ein Zwerg«, sagte sie singend. »Pimpelchen war …« Sie wurde durch das Klingeln ihres Handys unterbrochen, griff neben sich und nahm das Telefon ans Ohr. »Ja, Lindholm.«

»Hallo, hier ist Edgar«, meldete sich Graberts Vertretung aus der Rechtsmedizin. »Strelow«, schob der junge Mann nach, der Charlotte bei ihrer ersten Begegnung auf so merkwürdige Weise irritiert hatte.

»Und? Haben Sie was rausgefunden?«, fragte Charlotte, nachdem sie ihre erste Überraschung überwunden hatte. Dabei tippte sie David spielerisch mit dem Zeigefinger auf die Brust.

»Können wir uns irgendwo treffen?«, fragte Edgar, anstatt auf ihre Frage einzugehen.

Charlotte war erneut verwirrt von den offenkundigen Annäherungsersuchen Edgars. »Was ist mit dem Knochen? Stammt der von einem Menschen?«, versuchte sie das

Thema zu wechseln und strich sich dabei ihre vorwitzige Strähne aus dem Gesicht.

»Ja, eindeutig«, bestätigte Edgar.

»Also doch.« Charlotte empfand nur wenig Genugtuung, auch wenn sich ihr Gefühl gegen alle Argumente, die dagegen gesprochen hatten, durchgesetzt zu haben schien. In der Kleingartenkolonie war ein Verbrechen geschehen; etwas, was sie bei aller Routine immer berührte.

Edgar wollte offenbar noch nicht aufgeben. »Können wir uns sehen? Ich könnt ja vorbeikommen. Wo sind Sie denn gerade?«, versuchte er es aufs Neue.

»Ich komme zu Ihnen ins Labor.« Charlotte wurde das Drängen des jungen Mannes allmählich unheimlich.

»Okay. Aber ich ...«

»In dreißig Minuten«, unterbrach ihn Charlotte rasch. Sie nahm David auf den Arm, stand auf und wandte sich an Martin, der am anderen Ende des großen Wohnraums an seinem Schreibtisch saß und eifrig einen Text in seinen Computer hämmerte.

»Da haben die Gartenfreunde vom lieben Onkel Martin wohl doch ein schmutziges Geheimnis«, sagte sie und konnte nicht verhindern, dass sie jetzt doch so etwas wie Befriedigung verspürte. Und wenn es nur aufgrund der Tatsache war, dass sie ihrem Bauchgefühl noch trauen konnte.

Martin sah auf. »Wenn David anfängt, mich Onkel zu nennen, dann zieh ich aber aus«, sagte er mit gespielter Entrüstung.

»Was soll er denn sonst zu dir sagen?«

»Wie wär es zum Beispiel mit: ›Krimigott Felser‹?«, sagte er theatralisch, während seine Finger weiter über die Tastatur flogen.

Charlotte hatte sich, mit David im Arm, Martins Arbeitsplatz genähert. »Natürlich. Das kann er nur noch nicht so gut aussprechen«, sagte sie lächelnd.

»Stand in einer Online-Kritik. ›Mit seinem neuen Buch schreibt sich Martin Felser in den Olymp des Kriminalromans.‹« Der Stolz in Martins Stimme war nicht zu überhören. Ein leichter Glanz erschien in seinen Augen, während er unentwegt Buchstabe um Buchstabe eintippte.

»Wow. – Könntest du ihn kurz nehmen?«

Als würde er einen Schlusspunkt setzen, schlug Martin deutlich hörbar ein letztes Mal an und drehte sich auf dem Bürostuhl zu Charlotte um. Er stand auf und kam ihr zwei Schritte entgegen. Als hätte das Kind die kurze Unterhaltung mit verfolgt, gab es einen Klagelaut von sich.

»Was gibt's denn da zu jammern? Komm her.« Martin nahm Charlotte das Baby ab. »Ja, siehst du wohl. Schon viel besser. Sodele.« Martin wiegte David sanft an seiner Brust. Plötzlich rümpfte er die Nase und trug den Kleinen zum Wickeltisch am Fenster.

Charlotte hatte sich in ihr Schlafzimmer zurückgezogen und stand, nur mit Slip und Spaghettiträger-Top bekleidet, vor ihrem Kleiderschrank. Sie zog ein T-Shirt nach dem anderen aus dem Fach, warf einen Blick darauf, nur um dann jedes achtlos auf das Bett hinter sich fallen zu lassen. »Ich hab überhaupt nichts mehr zum Anziehen«, sagte sie laut und wühlte in ihrem übervollen Schrank.

Martin war mit spitzen Fingern damit beschäftigt, David von der gefüllten Windel zu befreien. »Charlotte?«, rief er laut.

Doch die achtete nicht darauf, sondern sortierte weiter die Kleidung, die sie während der Schwangerschaft getragen hatte. »Das ist alles total ausgeleiert«, monierte sie.

»Charlotte, kannst du mal bitte kommen?«, bat Martin erneut, jetzt noch dringlicher.

Charlotte zog das T-Shirt wieder aus, das sie sich übergestreift hatte. »Ich kann unmöglich so rumlaufen«, schimpfte sie, nachdem sie sich im Spiegel betrachtet hatte. Gleichzeitig fragte sie sich, warum es ihr überhaupt so wichtig war, für diesen Termin gut auszusehen.

»Zieh dir bitte irgendwas über und komm jetzt! Das ist ein Notfall.« Martins Stimme klang fast flehentlich.

Charlotte streifte die erstbeste Bluse über und eilte zum Wickeltisch. »Was ist denn passiert?«, fragte sie besorgt.

Martin trat einen Schritt zurück, hielt sich den Unterarm vor Nase und Mund, schluckte tief und sagte mit erstickter Stimme: »Alarmstufe braun.«

»Eine Super-Nanny sollte so was aber nicht schrecken, oder?«, sagte Charlotte spöttisch und übernahm das Wickeln, während David friedlich auf dem Rücken lag und geduldig an seinem Nuckel lutschte.

»Das übersteigt rein geruchstechnisch meine Kapazitäten«, stöhnte Martin auf.

»Vielleicht solltest du deine anale Phase mal im Mütter-Chat bearbeiten«, lästerte Charlotte und reinigte David routiniert-zärtlich.

Martin fasste ihr kurz an die Hüften und zupfte ein wenig an der Bluse. Dabei beäugte er sie misstrauisch. »Sieht doch ganz gut aus.« Er deutete auf ihre Beine. »Vielleicht solltest du bloß noch 'ne Hose anziehen. Wird langsam kalt draußen. – Mit wem bist du denn verabredet?«, fragte er beiläufig und konnte weder die Neugierde noch die Spur Eifersucht verbergen.

»Ich muss nur ins LKA«, erklärte Charlotte ausweichend, während David das über seinem Kopf schwebende Mobile aus chinesischen Buchstaben aufmerksam beobachtete.

***

Im blank geputzten Boden des Büros der Rechtsmedizin spiegelten sich die Fenster, die Einrichtung, das auf einem Ständer montierte Skelett und Charlotte, die sich mit beiden Händen auf der Schreibtischplatte abstützte und Edgar Strelow lauschte. Er hatte auf dem Bürostuhl Platz genommen und erläuterte das Ergebnis der Knochenanalyse.

»Es handelt sich um einen Ossum metatarsi.«

»Aha«, sagte Charlotte, ohne mit der lateinischen Bezeichnung etwas anfangen zu können.

»Das ist ein Knochen aus dem Mittelfuß. Hier.« Edgar angelte nach dem Bein des neben ihm stehenden Skeletts, hob es hoch und legte es vor sich auf den Schreibtisch. Dann zeigte er ihr die Stelle.

Charlotte betrachtete sie konzentriert, griff nach dem Knochen und rieb darüber. »Ah, ja genau«, murmelte sie gedankenverloren und wich irritiert zurück, als Edgar ihr plötzlich über den Ratscher an der Wange strich, den sie sich bei ihrer nächtlichen Beobachtung in Zachers Garten zugezogen hatte.

»Sie haben sich ja verletzt«, sagte er besorgt.

Charlotte versuchte ihre Verwirrung zu überspielen. »Können Sie irgendwas zur Identität des Toten sagen?«, fragte sie schnell. »Also Alter, Körpergröße, Geschlecht?«

Edgar schüttelte den Kopf. »Wenn wir das Os pubis hätten oder wenigstens ein Femur – also das Schambein oder zumindest den Oberschenkelknochen.« Er griff zum Oberschenkel des Skeletts, knickte das Bein im Kniegelenk ein und wollte es wieder zurückhängen, als sich die Tür öffnete.

»Was ist mit dem Obduktionsbericht?«, fragte eine Stimme mit mahnendem Unterton.

Charlotte hatte sich hastig gebückt und tat so, als würde sie etwas in ihrer Tasche suchen. Sie wollte unter keinen Umständen im Labor der Rechtsmedizin entdeckt werden, nachdem selbst Bitomsky an ihrer Vermutung zweifelte. Erst wenn sie mehr gesicherte Informationen hatte, wollte sie ihn über die neuen Erkenntnisse aufklären.

»Das mach ich gleich«, erwiderte Edgar pflichtschuldig.

»Aber zackig«, sagte der Besucher und schloss die Tür.

»Die haben hier manchmal einen Ton«, beklagte sich Edgar. Es war ihm offenbar peinlich, so herumkommandiert zu werden.

Charlotte hatte sich wieder aufgerichtet und auf die Ecke des Schreibtisches gesetzt. »Besser ist, Sie wehren sich gleich. Oder Sie gewöhnen sich dran«, riet sie ihm.

Er nickte in Richtung des Knochens. »Wir können eine DNA-Analyse mit PCR-Technik machen«, schlug er vor.

»Und wie lange dauert das?«

»Einen Tag. Wenn ich nichts anderes mache. Aber … ich muss vorher noch …«

»Den Obduktionsbericht«, fiel ihm Charlotte ins Wort, bevor Edgar auf die Idee kam, seinen Vorgesetzten nach der Priorität der anstehenden Aufgaben zu fragen.

»Ja. Aber ich kann's nach Feierabend machen, dann hätten Sie bald das Ergebnis«, sagte er eifrig.

Charlotte ließ sich ihre Verblüffung über die Bereitschaft zur Feierabendarbeit nicht anmerken. »Das wär prima. – Danke«, sagte sie lächelnd und stand auf. Kurz bevor sie an der Tür war, rief Edgar ihr hinterher: »Wollen wir uns heute Abend treffen?«

Sie hielt im Gehen inne, drehte sich um und fragte mit einem feinen Lächeln: »Wozu?« Der Junge war wirklich hartnäckig.

»Na ja … ich dachte …«, stammelte Edgar, »dann können wir noch mal in Ruhe alles besprechen.« Er warf einen schnellen Blick auf ihr Dekolleté und sah sie dann mit großen Augen an.

Charlotte beobachtete amüsiert, wie er sich wand in dem Versuch, eine Verabredung mit ihr herauszuschinden. Sie erlöste ihn. »Gut«, willigte sie ein und musste insgeheim schmunzeln. Der Abend würde vermutlich nicht ganz so verlaufen, wie er sich das vorstellte.

»Ich kann Sie nach Dienstschluss in Ihrem Büro abholen«, rief er strahlend.

»Wie treffen uns Nibelungenweg 12.« Sie nickte ihm zu und ging zur Tür. »Sobald es dunkel wird«, ergänzte sie im Fortgehen und konnte seinen schwärmerischen Blick förmlich spüren.

***

Charlotte war selbstbewusst genug, um ihre Wirkung auf Männer zu kennen, und doch schaffte es Edgar immer wieder, sie zu überrumpeln. Aber dieses Mal hatte sie den Spieß herumgedreht. Der junge Kollege würde sich noch wundern. Sie musste sich allerdings eingestehen, dass ihr seine Aufmerksamkeit guttat. Die unbeholfene Weise, die Art, wie er versuchte, sich mit ihr zu verabreden, berührte sie, auch wenn sie ihr gleichzeitig schmerzlich ins Bewusstsein rief, dass trotz aller reizvollen Äußerlichkeiten die Jahre auch an ihr nicht spurlos vorübergegangen waren.

Sie hatte etwas länger nach einem Parkplatz vor ihrem Haus suchen müssen. Als sie die Wohnung betrat, trug ihre Mutter David auf dem Arm durch die Wohnung und redete leise auf ihn ein. Als sie ihn unter das Mobile mit den chinesischen Schriftzeichen legte, fragte Charlotte:

»Was sagst du da eigentlich?«

Annemarie streichelte sanft über Davids Kopf. »Ach du, was ich so gelernt habe: ›Hallo, wie geht es Ihnen?‹ – ›Danke, gut.‹ – ›Wie laufen die Geschäfte?‹«, erklärte sie leichthin.

»Bist du sicher, dass er so die Sprache lernen wird?«, fragte Charlotte amüsiert und streckte die Arme aus, um ihren Sohn zu übernehmen.

»Die ersten Monate sind entscheidend«, sagte Annemarie.

»Erinnert wird nur das, was emotional eingebunden ist, nicht, mein Schatz?« Charlotte sah David an, als würde sie von ihm einen Kommentar erwarten.

»Chinesisch ist sehr emotional«, sagte Annemarie bestimmt und ging zur Tür.

»Na also. Wir machen dich jetzt mal bettfein, und dann kann die Oma mit dir weiterüben.«

»Die *Oma* muss jetzt leider los.« Annemarie drehte sich zu Charlotte und zuckte bedauernd die Schultern.

»Wo willst du denn hin?«, fragte Charlotte erstaunt.

»Mein Chinesischkurs.«

Charlotte war enttäuscht. »Ich dachte, du kannst heute Abend auf ihn aufpassen?«

Annemarie nahm ihre Jacke, streichelte David und küsste ihn auf die Stirn. »Das tut mir leid«, sagte sie mit einem Lächeln, das keinen Zweifel an ihrer Entscheidung zuließ, schenkte David und Charlotte ein *»Zai jian. Zai jian«* und verließ die Wohnung.

Gut, dann würde sie David eben selbst ins Bett bringen, dachte Charlotte – und Edgar würde warten müssen. Sie wickelte David, zog ihm seinen winzigen Schlafanzug an und legte ihn in ihr eigenes Bett.

Nachdem sie das Licht gedimmt hatte, kuschelte sie sich neben ihn, ließ ihn ihren Daumen umklammern und summte leise ein Schlaflied.

Nach einer Weile glaubte sie, ihn regelmäßiger atmen zu hören, und versuchte behutsam, ihm ihren Daumen zu entziehen. David quittierte es mit einem unwilligen – und sehr wachen – Ton. Charlotte seufzte. David schlief in der Regel problemlos ein; er schien es allerdings zu wittern, wenn sie noch einmal fortwollte. Resigniert sah sie auf die Uhr.

Nach einer Weile, die ihr unendlich lang vorgekommen war, spürte sie, wie sich die kleine Hand um ihren Finger lockerte und die Atemzüge neben ihr ruhiger wurden. Sie löste ihren Finger vorsichtig aus Davids Hand, gab ihm einen Kuss und verließ das Zimmer.

Im Wohnzimmer traf sie auf Martin.

»Er schläft jetzt«, rief sie ihm zu und griff nach ihrer Umhängetasche.

Martin saß immer noch am Computer und arbeitete an seinem nächsten Roman. Er sah auf und betrachtete ihre dicke Jacke und die Gummistiefel mit einem erstaunten Blick. »Wird das eine längere Expedition?«

»Ach nein. Nur ein Rendezvous«, erwiderte Charlotte und verließ schnell die Wohnung, bevor er weitere Fragen stellen konnte.

Im Stillen plagte sie ein schlechtes Gewissen. Sie hatte oft mit Rührung mit angesehen, wie Martin sich bemühte, sie unter die Haube zu bringen, wie er um sie und ihr Seelenheil besorgt war. Doch wenn sich ihr wirklich einmal ein Mann näherte, machte Martin ihn madig und reagierte eifersüchtig. Manchmal kam er ihr vor wie ein Vater, dem kein Bewerber gut genug für seine Tochter war.

Sie fuhr die Strecke zum Kleingartenverein unter Missachtung der vorgeschriebenen Geschwindigkeitsbegrenzung. Bei Dunkelheit unterschied sich Hannover nicht von anderen Großstädten. Vielleicht hatte man die Hauptstraßen in weiser Voraussicht großzügiger angelegt, gleich mehrere Spuren geplant und damit die Einheimischen auch ein wenig verwöhnt. Charlotte fiel es jedenfalls kaum noch auf, dass man in Hannover um jeden Meter Vorteil kämpfte, die Spuren wechselte und sich durch den übermäßigen Einsatz der Hupe Respekt und Gehör verschaffte.

Zum Stadtrand hin nahm die Verkehrsdichte deutlich ab, bis Charlotte auf den schmalen Weg abbog, der am Feldrand entlang zur Laubenkolonie führte.

Vor dem nur von funzeligen Laternen beleuchteten Vereinsheim stand ein Motorrad. Der dazugehörige Fahrer war kaum zu erkennen; lediglich die rote Glut seiner brennenden Zigarette leuchtete sporadisch auf. Als Charlotte neben ihm hielt und ausstieg, warf er die Zigarette hastig fort.

»Hallo«, begrüßte Edgar sie.

»'n Abend. Hallo«, erwiderte Charlotte und musterte ihn. Edgar war frisch rasiert und hatte sich in Schale geworfen.

»Interessanter Ort hier, aber ich glaub, die haben zu«, sagte Edgar und zeigte in Richtung Vereinsheim. Die Enttäuschung über den Treffpunkt war ihm deutlich anzumerken; offensichtlich hatte er sich für das Rendezvous mit ihr etwas Lauschigeres gewünscht.

»Würden Sie mit mir zusammen was Verbotenes tun?«, fragte Charlotte verschwörerisch und lächelte ihn an.

Edgar war sprachlos, und Charlotte hatte ein wenig Mitleid mit ihm. Sie führte den jungen Kerl ganz schön an der Nase herum. Aber das, was sie vorhatte, würde sie allein vielleicht nicht schaffen, außerdem war ihr die Kolonie bei Nacht unheimlich.

Ohne zu protestieren, ließ sich Edgar von ihr in die Zacher'sche Parzelle führen, und er fragte auch nicht nach, als sie ihm eine Taschenlampe in die Hand drückte und selbst nach einem Spaten griff.

Verbissen stieß sie den Spaten ein ums andere Mal ins Erdreich; Edgar leuchtete währenddessen in die immer größer werdende Grube. Doch alle Mühe war vergeblich. Kein weiterer Knochen. Nichts.

»Es muss hier sein! Die haben hier gegraben. Wir müssen noch tiefer.« Charlotte warf erneut eine Ladung Aushub auf die Seite und wollte den Spaten wieder mit aller Kraft in die Erde treiben. Es durfte einfach nicht sein, dass sie sich geirrt hatte.

»Warten Sie. Ich mach das.« Edgar nahm ihr den Spaten aus der Hand. Charlotte übernahm die Taschenlampe und richtete den Lichtstrahl auf das Loch im Beet.

»Ja, genau«, sagte sie, wie um ihn anzufeuern, als er das erste Mal mit dem Spaten zustieß.

»Wir können auch irgendwo anders hingehen«, sagte Edgar nach dem dritten ergebnislosen Spatenstoß. »Etwas essen oder trinken.« Offenbar hatte er das Gefühl, dass ihm nach der Plackerei eine Belohnung zustand. Aber Charlotte ging nicht auf seinen Vorschlag ein, so sehr hatte sie das Jagdfieber gepackt.

»Bisschen weiter vorne«, dirigierte sie ihn stattdessen.

»Einfach nur im Warmen sitzen.« Durch die ungewohnte Tätigkeit war Edgar ein wenig kurzatmig geworden. Schließlich richtete er sich auf und bog das Kreuz durch. »Ich meine, die Knochen laufen uns ja nicht weg.«

Charlotte hatte ihm nicht richtig zugehört, und doch war etwas von dem, was er gesagt hatte, in ihr Bewusstsein gesickert. »Hm?«, schreckte sie auf. Dann kam ihr die Erkenntnis. »Natürlich! Das ist es!«

Sie sprang auf und ging schnell die paar Schritte von der Stelle, an der sie Jürgen Klose-Sanders die Stange in den Boden hatte stoßen sehen, zu dem Beet, in dem sie selbst gegraben hatte. »Sie haben zwar da gegraben, als ich sie beobachtet habe, aber den Knochen habe ich hier gefunden! Die haben die Leiche einfach nur umgebettet und dabei den Knochen verloren.«

Sie ging in die Hocke und wühlte fahrig mit beiden Händen in den Gartenabfällen, die das Beet bedeckten.

»Aber warum buddelt denn jemand 'ne Leiche aus, um sie ein paar Meter weiter wieder einzugraben?«, fragte Edgar.

»Weil sie Angst haben, dass sie entdeckt wird, ganz einfach!«, keuchte sie vor Anstrengung, während Edgar ihr mit der Taschenlampe leuchtete. »Entschuldigung«, sagte sie, als sie Edgar eine Schippe Erde über die Füße kippte. Edgar nahm ihr den Spaten ab und grub tiefer, während Charlotte mit einer kleinen Hacke, die sie gefunden hatte, nach Spuren suchte.

»Sagen wir, wenn wir in zehn Minuten nichts gefunden haben, dann ...«, sagte Edgar schnaufend.

»Was dann?« Charlotte hielt kurz inne und sah ihn an.

»Dann lad ich Sie zum Essen ein.«

Charlotte drehte sich um und musste gegen ihren Willen lächeln. Sein Eifer war wirklich rührend.

»Also ja«, stellte er fest.

»Nein«, sagte sie lächelnd.

»Wieso? Sie haben doch gelächelt. Das heißt doch ja.«

»Das war ein freundliches Nein.« Auf keinen Fall würde sie Edgar in ihr Privatleben eindringen lassen. Sie hatte mit Job und Kind schon genug zu tun – das Letzte, was sie gebrauchen konnte, war eine mit Sicherheit kompliziert verlaufende Affäre mit einem deutlich jüngeren Mann. Charlotte drehte Edgar wieder den Rücken zu und bearbeitete fieberhaft das Erdreich. Immer wieder schlug sie mit der Hacke in den Boden, während Edgar Rücken an Rücken mit ihr den Spaten einsetzte.

Plötzlich stoppte Edgar abrupt, legte den Spaten zur Seite und bückte sich. »Hier ist was.«

Charlotte warf die Hacke fort und bückte sich ebenfalls. »Wo?«, fragte sie im Licht der Taschenlampe.

»Da.« Edgar fokussierte den Lichtstrahl auf eine Stelle.

Zu zweit buddelten sie mit bloßen Händen im Erdreich. »Vorsichtig«, mahnte sie, als sie auf Widerstand stieß und den Gegenstand freilegte.

Es war ein Paket aus blauer Plastikplane, das dort vergraben war. Die gleiche Art Plane, wie Charlotte sie schon mehrfach im Kleingartenverein gesehen hatte: nachts, als sie heimlich die Aktivitäten in Zachers Garten beobachtet hatte, dann auf Helga Reimanns Rasen, als sie David dort gefunden hatte. Die Plane war sorgfältig mit einer Schnur verschnürt.

Charlotte angelte ihr Messer aus der Jackentasche und schnitt die Plane auf, während Edgar die gespenstische Szene mit der Taschenlampe beleuchtete.

Beide zuckten zurück, als sie auf den Berg Knochen in der aufgeschlagenen Plane blickten.

# ACHT

Auf dem kleinen Gartengrundstück wimmelte es von Polizeibeamten und Spurensicherern. Das ganze Areal war mit einem rot-weißen Flatterband mit dem Aufdruck »Polizeiabsperrung« abgegrenzt, vor dem ein uniformierter Polizist patrouillierte.

Charlotte war todmüde und hätte alles für einen Kaffee gegeben. Die Müdigkeit war sogar stärker als die Genugtuung darüber, dass ihre Beharrlichkeit belohnt worden war.

Sie hatte sich nach der nächtlichen Suchaktion auf das Nachbargrundstück in Martins Laube zurückgezogen. Es hatte sie Überwindung gekostet, Edgar fortzuschicken. In seiner unbekümmerten Art hatte er gedrängt, sie zu begleiten. Sie hatte sich geschmeichelt gefühlt und mit sich gerungen, bis schließlich die Vernunft gesiegt hatte. War es wirklich ein Sieg?, hatte sie sich im Stillen gefragt.

Im frühen Morgengrauen hatte sie Kriminaldirektor Bitomsky zu Hause angerufen und von ihrem Fund berichtet. Er hatte sich nicht begeistert gezeigt, weder über die fast nächtliche Störung noch über Charlottes eigenmächtiges Vorgehen. Sie kannte ihren Vorgesetzten aber gut genug, um zwischen den brummig vorgetragenen Vorhaltungen die Anerkennung herauszuhören, die er ihr zollte.

Bitomsky hatte zugesichert, sich um alles Weitere zu kümmern, die Spurensicherung zu informieren und das übliche routinemäßige Prozedere einzuleiten.

Charlotte hatte überlegt, ob sie Martin verständigen sollte. Sicher würde er sich Sorgen über ihr Fortbleiben machen und denken, sie hätte die Nacht mit einem Mann verbracht – schließlich hatte sie auf seine Frage nach dem Grund ihres Fortgehens schnippisch geantwortet, sie habe »ein Rendezvous«. Außerdem hatte sie ein schlechtes Gewissen, weil Martin zudem mit der Versorgung Davids betraut war. Andererseits … Wenn sie Martin vom Leichenfund berichtet hätte, wäre er mit Sicherheit sofort voller Sorge zur Laubenkolonie gekommen. Und dort hätte sie ihn nicht brauchen können.

Mittlerweile war Bitomsky eingetroffen. Beide Hände tief in den Taschen, kam er auf Charlotte zu, die sich gegen die morgendliche Kühle einen Schal um den Hals geschlungen hatte, den sie zum Glück in Martins Laube gefunden hatte. Die tomatenroten Rauten auf fliederfarbenem Grund waren zwar nicht ihr Stil, aber er war kuschelig und wärmte.

»Sie werden mit einer Anzeige wegen Hausfriedensbruch rechnen müssen«, begrüßte er sie knurrig.

Charlotte spähte durch ein Fenster ins Innere der Zacher'schen Laube. Alles sah akribisch aufgeräumt aus, und doch machte es nicht den Eindruck, als hätte es jemand für eine längere Abwesenheit hergerichtet. »Das wär nicht das erste Mal«, antwortete sie leichthin.

Bitomsky trat neben sie und warf ebenfalls einen Blick durch die Scheibe. »Stanley Park«, sagte er.

Charlotte sah ihn überrascht an. »Bitte?«

Bitomsky machte sie auf eine gerahmte Fotografie aufmerksam, die innen an einer Wand hing. Die Aufnahme war offenbar schon älter: Regina Zacher stand mit ihrem erst wenige Monate alten Sohn Moritz auf dem Arm zwischen ihrem Mann und Albrecht Leimen; daneben war das Ehepaar Reimann zu sehen. Die Gruppe hatte sich vor einem Pfahl aufgestellt.

»Der Totempfahl da im Hintergrund. Das ist im Stanley Park in Vancouver. Da kann man herrlich wandern.«

In Bitomskys Gesicht spiegelten sich für einen Moment die Erinnerungen an vergangene Urlaube, die er als passionierter Wanderer schon in vielen Gegenden der Welt verbracht hatte.

Charlotte wurde durch einen Spurensicherer abgelenkt, der um die Hausecke bog.

»Und? Gab es noch irgendwelche Fußspuren? Außer unseren eigenen?«, fragte sie.

Der Mann in dem weißen Papieranzug hielt einen durchsichtigen Plastikbeutel hoch und zeigte ihn ihr und Bitomsky. »Viel Brauchbares war nicht. Alles, was wir haben, sind die Knochen und die Plane, in die sie eingeschnürt waren. Vermutlich, um sie vor Tieren zu schützen.«

Die drei warfen einen Blick auf die Rasenfläche und das Beet, in dem Charlotte und Edgar fündig geworden waren. In und neben der Kuhle waren Schilder mit Nummern aufgestellt worden. Mehrere geöffnete Metallkoffer mit den Utensilien der Spurensicherer standen herum. Auf dem Gras hatten die Techniker die blaue Plane ausgebreitet, auf denen die Knochen verteilt lagen. Ein Beamter war dabei, die Fundstücke aus unterschiedlichen Perspektiven zu fotografieren.

»Was ist das für eine Plane?«, fragte Charlotte.

»Nichts Besonderes. Gibt's in jedem Gartencenter«, erklärte der Kriminaltechniker.

»Kleiderreste?«, hakte Charlotte nach.

»Negativ. Auch kein Metall, weder Gürtelschnalle noch Schmuck.«

»Nehmen Sie auf jeden Fall Bodenproben. Im gesamten Bereich des Gartens, okay?«, sagte Charlotte freundlich.

»Der Kollege ist schon dabei. Ist ziemlich mühsam hier. Das nächste Mal rufen Sie uns früher«, sagte der

Kriminaltechniker vorwurfsvoll. Charlotte konnte den Unmut des Kollegen verstehen. Bei ihrem eigenmächtigen nächtlichen Einsatz hatte sie einiges durcheinandergebracht.

»Machen wir bestimmt«, versicherte sie ihm, als er sich zum Gehen wandte.

Bitomsky war dem Gespräch stumm gefolgt. Jetzt neigte er sich zu ihr und sagte im Flüsterton: »Die Presse wird wissen wollen, warum eine so wichtige Arbeit von einer Beamtin im Mutterschutz und einem Praktikanten erledigt wurde. Also, es wäre nett, wenn Sie sich bedeckt hielten.«

Charlotte horchte auf. »Praktikant?«, fragte sie und sah Bitomsky erstaunt an. Edgar hatte ihr bei der ersten Begegnung gesagt, er würde Grabert vertreten.

Sie verfolgte für einen Moment die Arbeit der in weiße Schutzanzüge gekleideten Beamten der Spurensicherung und der Rechtsmedizin. Edgar war unter ihnen und lächelte ihr schief zu. Praktikant!, dachte Charlotte halb belustigt, halb empört. Der Kerl hatte wirklich Nerven!

»Der Junge ist begabt«, sagte Bitomsky nach einer Weile. »Leider haben wir kein Geld für eine weitere Stelle.«

»Keine Sorge, von mir erfährt die Presse nichts«, sicherte ihm Charlotte zu und wandte sich zum Gehen. Sie musste dringend nach Hause; sie durfte Martin mit Davids Betreuung nicht überbelasten.

»Danke«, schloss Bitomsky, bevor sie mit schnellem Schritt den Garten verließ.

Auf dem Weg, der an der Parzelle vorbeiführte, hatten sich entlang der Absperrung ein halbes Dutzend Pressevertreter sowie ein Fernsehteam eingefunden. Die Reporter hatten ihre Kameras im Anschlag und versuchten, möglichst viel von den Geschehnissen einzufangen.

Gerade als Charlotte auf den Weg trat, hielt Herr Schröder mit seinem Fahrrad an. Den Dobermann führte er, wie immer, an der Leine bei sich.

Kaum hatte Charlotte den Tatort und damit die berufliche Routine verlassen, begann ihr schlechtes Gewissen noch lauter zu schlagen. So erfolgreich ihr nächtlicher Einsatz auch gewesen war, sie hatte ihre Mutterpflichten sträflich vernachlässigt. In Eile fuhr sie nach Hause.

Stille umfing sie in der Wohnung, die sie mit Martin teilte. Sie hastete in ihr Schlafzimmer, doch David lag nicht in seinem Kinderbett. Mit Sorge hob sie ihre eigene Bettdecke an, fand dort aber nur ein Plüschtier. Das Kind war nicht da.

Sie schlich leise über den Flur und öffnete behutsam die Tür zu Martins Schlafzimmer. Dann schmunzelte sie. Sonnenlicht drang durch einen schmalen Spalt in der Gardine. In der Mitte von Martins Bett lag David, umgeben von Bergen von Schmusetieren, und gab ein zufriedenes Glucksen von sich. Auf dem Boden vor dem Bett lag Martin in eine Wolldecke eingehüllt und schnarchte.

Charlotte ließ das Bild einen Moment auf sich wirken, dann krabbelte sie aufs Bett und nahm David zärtlich auf den Arm.

## NEUN

Der grausige Fund in Zachers Garten ließ Charlotte keine Ruhe. Nachdem sie ihre Mutter angerufen und sie gebeten hatte, für ein paar Stunden auf David aufzupassen, war sie ins Landeskriminalamt gefahren. Bisher stand lediglich fest, dass es sich bei den Knochen um menschliche Überreste handelte. Näheres mussten die Untersuchungen der Rechtsmedizin ergeben.

Auch Edgar war bereits in Graberts Labor und betrachtete einen Wirbelknochen unter der Standlupe. Er befreite ihn mit einem Pinsel von Erde und Sand, dann tastete er ihn mit einem spitzen Instrument ab.

»Kein einziger Zahn«, stellte Charlotte fest, die Edgars Untersuchung zunächst aufmerksam verfolgt, dann aber einen Kieferknochen in die Hand genommen hatte und ihn eingehend begutachtete.

»Vermutlich war er schon älter«, sagte Edgar.

»Oder jemand wollte odontologische Spuren beseitigen.«

»An den Lendenwirbeln sind arthritische Knochenwucherungen. Sehen Sie diese Zacken?« Edgar hielt ihr den Wirbelknochen über die mit einem Tuch abgedeckte Bahre hin, auf der die Fundstücke aus dem Plastiksack so ausgebreitet waren, dass es aussah, als schliefe dort ein Skelett.

»Mhmh«, kommentierte Charlotte.

Edgar war in seinem Element. Erneut beugte er sich vor und betrachtete den Wirbelknochen unter der Standlupe von allen Seiten. »Daran kann man erkennen, dass er auf jeden Fall schon über vierzig war.«

Charlotte hielt den Unterkiefer in die Höhe. »Also

doch schon ein zahnloser Greis«, sagte sie mit mehr als einem Hauch Sarkasmus in der Stimme.

Edgar richtete sich auf und brauchte einen Augenblick, um seinen Fauxpas zu bemerken. »Verzeihen Sie, das hab ich damit nicht gemeint«, stammelte er dann, und Charlotte glaubte zu sehen, wie sein Gesicht von einer leichten Röte überzogen wurde. »Das ... vierzig ist ja noch überhaupt nicht alt.« Er schluckte trocken.

Charlotte musste die Lippen zusammenpressen, um nicht zu grinsen. »Vielleicht können Sie mir ja mit Ihrer *Berufserfahrung* sagen, ob die Zähne erst nach dem Tod gezogen wurden«, überspielte sie Edgars Anmerkung schließlich, ohne sich den kleinen Seitenhieb auf seinen Praktikantenstatus verkneifen zu können, und reichte ihm den Kiefer.

»Also, wenn die Zähne posthum gezogen wurden, gibt's mit Sicherheit Risse am Kiefer, die nicht mehr heilen konnten«, ließ Edgar sein Wissen aufblitzen und hielt jetzt den Kiefer unter die Standlupe.

»Und?«, fragte Charlotte neugierig.

Edgar besah sich den Kiefer sorgfältig, bis er Charlotte schließlich ansah und lächelte. »Ja. Sie haben recht. Die Risse sind mikroskopisch fein.«

Charlotte zeigte auf den Totenschädel, der zwischen ihnen auf der Bahre lag. »Dafür sind die Schädelbrüche nicht zu übersehen.« Sie deutete auf das münzgroße Loch, das deutlich auf der linken vorderen Schädelhälfte zu sehen war, und die Risse, die quer durch den Schädel liefen.

Edgar nahm den Kopf in die Hand und reinigte die Stelle mit einem Pinsel. Auch ein Laie vermochte zu erkennen, dass dem Opfer der Schädel eingeschlagen worden war.

»Die Frakturen sind auch unverheilt. Also kurz vor dem Tod aufgetreten.«

»Was, glauben Sie, war die Todesursache?«, fragte Charlotte.

»Dem Verlauf der Brüche nach zu urteilen, stammt die erste Fraktur von einem Sturz.« Edgar ließ seinen Finger über einen langen, quer verlaufenden Riss in dem Schädel gleiten.

»Hmhm.« Charlotte nickte zustimmend. Edgar verfügte trotz seiner Jugend bereits über ein fundiertes Wissen.

»Sehen Sie, das ist aufgesprungen hier. Erst danach ist diese zweite entstanden.« Edgars Finger wanderte zu einem weiteren Riss in der Schädeldecke.

Charlotte beugte sich ebenfalls über den Kopf. »Und was ist mit dem Loch?«

Edgars Finger umrundete das Loch in der Schädeldecke. »Das stammt vermutlich von einem stumpfen Schlag, der auch diese zweite Fraktur verursacht hat.«

Trotz aller Erfahrung spürte Charlotte das aufkeimende Unbehagen in sich. Vor ihrem geistigen Auge sah sie das Opfer, auf das in dieser grauenvollen Weise eingewirkt worden war. »Da hat jemand ganz schön zugeschlagen, was?«

»Zosch!«

»Zosch?«, wiederholte Charlotte ungläubig. Fundiertes Wissen hin oder her, mit dieser jugendlichen Kaltschnäuzigkeit konnte sie nicht das Geringste anfangen.

»Ja. Zosch!«, wiederholte Edgar mit leuchtenden Augen und ließ seine geballte Faust auf den Totenkopf niedersausen.

***

Inmitten der liebevoll gehegten und gepflegten Gärten der Kolonie hatte die Parzelle des Lehrerehepaars Klose-

Sanders etwas Befremdliches. Es rührte von den überdimensionalen Metallskulpturen her, die Andrea dort installiert hatte. Die Phantasiefiguren ähnelten gigantischen Insekten mit furchterregenden Gesichtern in schreienden Farben.

Direkt vor der Laube errichtete Andrea gerade eine neue Figur, die mit gut vier Metern Höhe alle anderen überragte. Die Lehrerin stand ganz oben auf einer großen Leiter und trieb mit einem wuchtigen Vorschlaghammer einen Nagel durch ein Blech. Laut hallte das Hämmern über die Gärten hinweg.

Als sie für den letzten und entscheidenden Schlag ausholte, wurde ihr Blick plötzlich abgelenkt, und sie geriet ins Schwanken. Nur mit Mühe konnte sie sich auf der Leiter halten. Grund waren die Beamten der Kriminaltechnik, die in ihren weißen Schutzanzügen das gegenüberliegende Grundstück der Zachers bevölkerten. Andreas Augen weiteten sich, ihr Atem stockte. Sie begann – wieder einmal – zu hyperventilieren. Hastig legte sie den schweren Hammer in luftiger Höhe auf der Metallplattform ab und kletterte die kippelige Leiter abwärts.

***

Charlotte musste dringend mit Regina Zacher sprechen. Auf ihrer Parzelle waren die Leichenreste gefunden worden. Einige der Gartenfreunde interessierten sich auffällig-unauffällig für das Grundstück, und Charlotte war sich sicher, dass sie nicht auf alle ihre Fragen eine Antwort bekommen würde, schon gar nicht, solange sie sich als Psychologin ausgab und ihren wahren Beruf verschleierte. Regina Zacher schien eine deutliche Distanz zu den Laubenbesitzern aufgebaut zu haben, obwohl das Bild aus Kanada auf eine früher sehr enge freundschaftliche Beziehung schließen ließ. Möglicherweise konnte sie ein paar weiterführende Fragen beantworten.

Sie wohnte in einer Siedlung mit Mietshäusern in düsterem grauen Putz, denen eine Farbauffrischung gutgetan hätte. Eine Trinkhalle schloss einen Garagenplatz ab, auf dem sich eine Horde Kinder tummelte und das hölzerne Tor einer Garage für ihr Fußballspiel nutzte. Charlotte kannte die Gegend recht gut, sie hatte hier vor Jahren schon mal in einem Totschlagsfall ermittelt. Das Wohngebiet im alten Arbeiterviertel Linden unterschied sich erheblich von ihrem eigenen gutbürgerlichem Umfeld in der Südstadt.

»Kennen wir uns?«, fragte Regina Zacher erstaunt, als sie die Wohnungstür zum abgeschabten Treppenhaus öffnete, und sah Charlotte misstrauisch an.

»Ich hab Sie gesehen. In der Laubenkolonie. Der Tag, an dem Albrecht Leimen gestorben ist«, antwortete Charlotte und lächelte verbindlich.

Regina Zacher wirkte müde und vor der Zeit gealtert. Charlotte schätzte sie auf etwa ihr eigenes Alter, aber die tiefen Falten, die sich von der Nase zu den Mundwinkeln zogen, und die konservative Kleidung, die sie heute trug, ließen die hübsche dunkelhaarige Frau älter wirken. Die Haare waren streng nach hinten gebunden, nur eine vorwitzige Strähne hatte sich gelöst und nahm Regina Zacher etwas von ihrer Angespanntheit.

Sie hielt die altertümlich wirkende Holztür mit dem schmalen Fenster fest, so als wollte sie niemanden hindurchlassen. Über den mit Blümchentapete tapezierten Flur im Hintergrund tauchte ihr Sohn Moritz auf. Obwohl er auch heute wieder ganz in Schwarz gekleidet war, kam er Charlotte jünger, verletzlicher vor, fast noch wie ein Kind.

»Ich fürchte, ich kann Ihnen nicht weiterhelfen«, sagte

Regina mit Bestimmtheit. »Albrecht und ich haben uns seit Jahren nicht gesehen.« Damit wollte sie die Wohnungstür schließen.

Charlotte hielt ihr den Dienstausweis hin. »Es geht um Ihren Mann. Helmut Zacher«, sagte sie schnell.

»Dazu kann ich nichts sagen«, erwiderte Regina Zacher hastig. »Er ist damals nach Kanada ausgewandert. Seitdem habe ich nichts mehr von ihm gehört.«

»Dazu würden mich weitere Details interessieren. Es klingt doch merkwürdig, dass ein Familienvater Frau und Kind verlässt. Müssen wir das zwischen Tür und Angel besprechen?«

Regina Zacher bat Charlotte in die Wohnung und führte sie ins Wohnzimmer. Charlotte sah sich erstaunt um. Der Raum war mit Antiquitäten vollgestopft. Über dem ovalen Tisch mit den gedrechselten Beinen hing ein Kristalllüster. Eine Stehlampe mit Messingfuß stand hinter einem Biedermeiersofa mit geschwungenen Seitenteilen. Die Möbel wirkten wie Relikte einer besseren, wohlhabenderen Zeit.

Regina Zacher und ihr Sohn nahmen inmitten der Zierkissen auf dem Sofa Platz, Charlotte setzte sich in einen unbequemen Sessel gegenüber.

Regina Zacher entnahm dem offenen Zigarettenbehälter auf dem glänzenden Mahagonicouchtisch eine überlange Zigarette und sah Charlotte fragend an, dann begann sie unvermittelt zu sprechen.

»Albrecht hat ihn damals zum Flughafen gefahren. Helmut und ich hatten fürchterlich gestritten.«

»Worüber?«, fragte Charlotte und beugte sich konzentriert nach vorn.

»Er wollte uns zwingen, mit nach Kanada zu gehen.« Regina Zacher blies den Rauch quer über den Tisch in Charlottes Richtung.

»Sie waren schon mal gemeinsam in Kanada«, sagte Charlotte und kramte aus ihrer Umhängetasche die Kopie des Fotos hervor, das sie in der Gartenlaube entdeckt hatte: das Ehepaar Zacher mit dem kleinen Moritz, Albrecht Leimen und die Reimanns vor dem Totempfahl im Stanley Park in Vancouver.

Regina Zacher drückte ihre nur halb gerauchte Zigarette nachlässig aus und ließ sie achtlos im Aschenbecher weiterqualmen. Dann nahm sie Charlotte das Foto ab und warf einen kurzen Blick darauf. »Ich hätte gerne darauf verzichtet«, sagte sie bitter. »Moritz war eben erst auf die Welt gekommen.« Sie gab Charlotte das Bild zurück, während ihr Sohn von der Seite darauf schielte.

»Das war sicher nicht leicht, so eine lange Reise mit so einem kleinen Kind«, sagte Charlotte.

Regina Zacher atmete tief durch. »Helmut war ein Egomane.«

»War?«, hakte Charlotte nach.

»Ich habe ihn vor elf Jahren das letzte Mal gesehen. Was erwarten Sie? Eine Kerze im Fenster?«

»Aber er hat doch Unterhalt gezahlt, oder?«, fragte Charlotte.

»Er hat unser gesamtes Vermögen abgehoben, bevor er verschwunden ist«, antwortete Regina Zacher mit rauer Stimme. »Ich hatte nichts mehr.«

Moritz ließ seinen Blick unsicher zwischen seiner Mutter und Charlotte hin und her schweifen, während aus dem Aschenbecher eine blaue Rauchwolke von der nur unzureichend ausgedrückten Zigarette aufstieg. Charlotte empfand Mitleid mit ihm. Kinder waren immer die Leidtragenden, wenn die Erwachsenen nicht mit sich und ihrem Leben zurechtkamen.

»Und Sie haben sich nie darüber gewundert, dass er sich nicht mehr gemeldet hat?«

Regina Zacher griff zu dem Zigarettenbehälter und angelte sich die nächste Zigarette. Sie zündete sie an und nahm einen tiefen Zug. Erst nachdem sie den Rauch wieder ausgestoßen hatte, antwortete sie:

»Ich war einfach nur froh darüber.« Sie zog erneut an der Zigarette. Charlotte schien, als wenn sie sich daran festhalten müsse. »Warum interessiert Sie das?«, fragte Regina schließlich.

»Kannst du dich noch an deinen Vater erinnern?«, wandte sich Charlotte an Moritz, der trotz seiner schwarz gefärbten Haare, des nietenbeschlagenen Halsbands und der martialischen Piercings so zerbrechlich wirkte.

»Mhmh«, verneinte er, ohne die Lippen dabei zu öffnen, und schüttelte den Kopf.

»Für Moritz hat es mir leidgetan. Von einem auf den anderen Tag verlassen zu werden, das war schwer für ihn.« Regina Zacher hatte die Beine übereinandergeschlagen und ihre Hände auf den Knien abgestützt. Sie hielt die glimmende Zigarette in der linken Hand, während sich von der Spitze blauer Rauch emporkräuselte.

»Haben Sie noch Kontakt zu den Reimanns?«, wollte Charlotte wissen.

Regina Zacher lachte auf. »Sind Sie verheiratet oder mit jemandem zusammen?«

Charlotte zögerte, bevor sie antwortete: »Nein.«

»Dann sind Sie auch nicht mit vielen Paaren befreundet, nehme ich an.« Regina Zacher inhalierte tief den Rauch eines weiteren Zuges.

»Was hat denn das eine mit dem anderen zu tun?«, fragte Charlotte und zog ein schwarzes Notizbuch aus ihrer Umhängetasche, die sie neben dem Sessel abgestellt hatte.

»Ich wusste lange nicht, was schlimmer war …«, erwiderte Regina leise. Sie unterbrach ihre Ausführungen für einen Moment, als würde sie mit den Erinnerungen kämpfen. Dann fuhr sie fort: »Die kleinen Versuche der Ehemänner, sich kurz zu bedienen, oder die geizigen Blicke der Ehefrauen, die mir die Schuld daran gaben.« Sie sah Charlotte prüfend an, als wollte sie die Wirkung ihrer Worte feststellen.

»Und? Was ist schlimmer?« Charlotte blätterte in ihrem Notizbuch und blickte hoch.

Regina Zacher sah sie unverwandt an. »Die Frage hat sich erübrigt. Ich wurde einfach nicht mehr eingeladen.«

Charlotte legte ihren Schreiber ins Notizbuch und klappte es zu. »Und Albrecht Leimen? Hat der sich nicht um Sie gekümmert, als Ihr Mann weg war?«, fragte sie beiläufig.

Mit dem Ausstoß einer blauen Wolke fragte Regina Zacher: »Nein, wieso?«

Charlotte warf Moritz einen Seitenblick zu. Er folgte dem Dialog zwischen ihr und seiner Mutter mit stillem Interesse. »Sie hatten eine ... innige Beziehung zu ihm.«

Regina Zacher wiegte den Kopf hin und her. »Albrecht und seine Frau waren auch nicht anders als die anderen«, sagte sie, und es klang geringschätzig.

»Warum haben Sie die Laube behalten?«, wollte Charlotte wissen und warf ihr Notizbuch auf den Tisch. Allmählich wurde sie ungeduldig.

»Hab ich nicht«, widersprach Regina Zacher.

»Sie ist seit damals unverändert«, erklärte Charlotte.

Regina Zacher sah sie ehrlich erstaunt an. Charlotte fügte hinzu: »Albrecht Leimen hat sich darum gekümmert.«

»Ich bin davon ausgegangen, dass sie längst wieder verpachtet ist.« Regina Zacher schien wirklich ahnungslos.

Charlotte holte tief Luft. »Frau Zacher, wo waren Sie vorgestern Nacht?« Sie nahm ihr Notizbuch auf und steckte es in die Umhängetasche zurück.

»Bei meiner Oma«, mischte sich überraschend Moritz ein, der bisher schweigend dabeigesessen hatte. »In Lüneburg. Wir haben da übernachtet«, schob er hinterher und warf seiner Mutter einen Seitenblick zu.

»Moritz, geh bitte in dein Zimmer.«

Der junge Mann erwiderte den Blick seiner Mutter trotzig, und zunächst dachte Charlotte, er würde der Aufforderung nicht nachkommen. Dann erhob er sich jedoch und verließ den Raum.

Erst als er draußen war, musterte Regina Zacher Charlotte mit zusammengekniffenen Augen. »Dürfen Sie das so einfach?«, fragte sie unvermittelt und wartete einen Augenblick, bevor sie fortfuhr. »Dürfen Sie hierherkommen und mir solche Fragen stellen? In Anwesenheit meines Kindes?«

»Ich fürchte, ich werde Moritz auch um seine Hilfe bitten müssen. – Ich brauche Ihre Zustimmung für einen DNA-Abgleich.«

Regina Zacher lehnte sich zurück. »Ich versteh nicht, wofür?«, fragte sie und zeigte das zweite Mal Erstaunen.

»Wir haben in Ihrem Garten den skelettierten Leichnam eines Mannes gefunden.«

In Regina Zachers Augen blitzte es auf. Dennoch wich sie Charlottes Blick nicht aus.

***

Seit den ersten merkwürdigen Zufällen im Kleingartenverein ließ dieser Fall Charlotte keine Ruhe. Die Knochenteile wären ohne ihre Hartnäckigkeit nie entdeckt worden. Sicher hatte der Zufall ihr in die Hände gespielt, aber im Wesentlichen war sie durch ihr Bauchgefühl geleitet worden. Trotz Elternzeit konnte und wollte sie sich nicht aus den weiteren Ermittlungen zurückziehen. Sie musste dringend mit Bitomsky sprechen. Wer weiß, wem er die Leitung der Soko übertragen würde. Charlotte wollte zumindest mit im Team sein.

Bitomsky empfing sie in für seine Verhältnisse aufgeräumter Stimmung und bot ihr sogar einen Kaffee an. Vielleicht hatte er gerade den nächsten Wanderurlaub gebucht und war deshalb so guter Dinge. Charlotte sollte es recht sein.

Die Kaffeemaschine stand in einem Aktenschrank, dessen Türen weit geöffnet waren. Bitomsky hantierte mit der Glaskanne und schenkte das braune Gebräu in einen Becher.

»Die Leiche ist männlich, circa eins achtzig groß und zwischen vierzig und fünfzig Jahre alt«, sagte Charlotte und wanderte dabei durch Bitomskys Büro. Er folgte ihr und drückte ihr den Kaffeebecher in die Hand. »Oh, danke. Haben Sie Milch?«, fragte sie.

Bitomsky kehrte zum Aktenschrank zurück und begann, darin zu suchen.

»Denken Sie immer noch, es handelt sich um diesen …« Er zögerte und machte dabei eine wedelnde Bewegung mit der freien Hand, dann schnipste er mit dem Finger.

»Helmut Zacher?«, half Charlotte.

Bitomsky hatte einen zweiten Becher aus dem Schrank genommen und mit Kaffee gefüllt.

»Der ja bekanntlich in Kanada lebt«, gab er zu bedenken. »Tut mir leid, keine Milch«, ergänzte er und wollte den Kaffeebecher in den Schrank zurückstellen, als er seinen Irrtum bemerkte und stattdessen die Kanne in den Schrank räumte.

»Die Leiche wurde genau zu dem Zeitpunkt auf seinem Grundstück vergraben, an dem er angeblich nach Kanada ausgereist ist, das haben mir die Kollegen von der

Rechtsmedizin eben bestätigt. Und seine Frau und sein Sohn haben seitdem nichts mehr von ihm gehört«, sagte Charlotte.

Bitomsky hatte den Schreibtisch umrundet und nahm auf seinem Bürosessel Platz. »Die Behörden bestätigen die Auswanderung offiziell«, erinnerte er Charlotte an seine früheren Erkundigungen zu dieser Frage.

Charlotte wanderte mit ihrem Kaffeebecher in der Hand weiter vor seinem Schreibtisch auf und ab. »Bis jetzt wissen wir nur, dass jemand mit seinem Visum und seinem Flugticket dort eingereist ist.«

Bitomsky wühlte in seiner Schreibtischschublade und kramte eine Packung mit Würfelzucker hervor. »Und wer, wenn nicht er?« Er hielt Charlotte die Packung hin; als sie nicht zugriff, fragte er: »Mögen Sie nicht?«

Charlotte winkte ab. »Alle wussten, dass er nach Kanada gehen würde. Für jemand, der ihn loswerden wollte, war es mit Abstand der beste Zeitpunkt.«

»Sie meinen, jemand anders ist an seiner Stelle geflogen?«

»Ich würd's so machen«, bestätigte Charlotte, die jetzt vor dem Schreibtisch stehen geblieben war.

»Sie würden das Opfer aber nicht in dessen eigenem Garten vergraben«, gab Bitomsky zu bedenken. Es war offensichtlich, dass er Charlottes These immer noch misstrauisch gegenüberstand.

»Warum nicht? Ist doch der sicherste Ort.« Charlotte nahm einen Schluck Kaffee und verzog das Gesicht. Ohne Milch schmeckte der Kaffee grauenhaft.

Bitomsky griff zum Telefon und wählte eine Nummer. Am anderen Ende der Leitung wurde offenbar schnell abgenommen. »Ja, Bitomsky hier. Seien Sie doch so gut und schicken Sie mir Frau Schmidt-Rohrbach, ja? – Danke.« Er legte auf, ohne die Antwort abzuwarten.

»Das ist nicht nötig, ich brauch keinen Kaffee, ob mit oder ohne Milch«, sagte Charlotte. Merkwürdig, so zuvorkommend war ihr Vorgesetzter sonst selten.

Bitomsky nahm seinen Kaffeebecher in die Hand und schüttelte den Kopf. »Es geht nicht um die Milch«, sagte er mit einem kryptischen Lächeln und rief: »Ja!«, als es an der Tür klopfte.

Eine Frau trat ein. Sie mochte Anfang vierzig sein und reichte Charlotte bis zur Schulter. Die schulterlangen dunklen Haare hingen kraftlos herab. In ihrem braunen Kostüm und der ebenfalls dunklen Bluse wirkte sie farblos. Lediglich eine weiße Blume, die sie am Revers trug, lockerte die Tristesse etwas auf. Charlotte erkannte sie wieder: Es war die Frau, die bei ihrem ersten Gespräch mit Bitomsky die unpassende Bemerkung über Davids dunkle Haare gemacht hatte.

»Tag«, grüßte sie kühl und wandte sich ab.

»Sie beide ...«, Bitomsky zeigte abwechselnd auf Charlotte und Frau Schmidt-Rohrbach, »... werden den Fall in der Laubenkolonie gemeinsam bearbeiten.«

Charlotte musterte Frau Schmidt-Rohrbach mit unverhohlener Abneigung.

Der Blick, den ihr die Kollegin zuwarf, war nicht weniger unfreundlich.

»Das ist ...«, begann Bitomsky und lächelte fast enthusiastisch, »... wie sagt man heute auf Neudeutsch ...?« Er suchte nach dem geeigneten Wort.

»... ein Alptraum.« Charlotte unternahm gar nicht erst den Versuch, ihre Aversion gegen diese Lösung zu verbergen.

Bitomsky lächelte die beiden Frauen an: »... ein Dreamteam«, sagte er süffisant.

Frau Schmidt-Rohrbach trat einen Schritt vor. Offensichtlich behagte ihr die Situation genauso wenig wie Charlotte. »Aber Frau Lindholm hat doch noch Elternjahr«, warf sie ein.

Vergeblich.

Wenig später saßen sie in Charlottes Auto. Frau Schmidt-Rohrbach fühlte sich sichtlich unbehaglich, blätterte in der Ermittlungsakte, hielt an einer Stelle inne und fragte: »Hat sein Zahnarzt den Status mit dem der Leiche verglichen?«

»Die Zähne sind dem Toten sorgfältig gezogen worden«, erwiderte Charlotte.

»Und was ist mit Knochenbrüchen?«

»Knochenbrüche gab's auch keine.« Charlotte war vom Auftritt ihrer Kollegin genervt. Wenn die Schmidt-Rohrbach nichts anderes konnte, als das Repertoire der Standardfragen abzuspulen, die sich die Polizei bei einem ungeklärten Todesfall stellte, dann würde sie ihr keine große Hilfe sein. »Da müssen wir etwas origineller sein«, sagte sie kühl.

»Aber wieso sind Sie sich dann so sicher, dass unser Toter Helmut Zacher ist?« Frau Schmidt-Rohrbach zeigte die gleiche Skepsis wie zuvor schon Bitomsky und Martin. Auch das noch, dachte Charlotte gereizt, eine Bedenkenträgerin.

»Bin ich gar nicht. Aber es ist unser einziger Anhaltspunkt«, antwortete sie, um mit einer Gegenfrage fortzufahren: »Oder haben Sie eine bessere Theorie?«

Frau Schmidt-Rohrbach hielt inne, hob ihr Gesäß leicht an, griff unter sich und förderte einen angeknabberten Zwieback zutage. Sie legte ihn mit deutlichem Ekel auf das Armaturenbrett. »Wir hätten mein Auto nehmen sollen«, sagte sie vorwurfsvoll.

»Das nächste Mal nehmen wir beide.« Der Blick, den die zwei Frauen austauschten, war alles andere als freundschaftlich.

Frau Schmidt-Rohrbach sah noch einmal auf ihre Hand, mir der sie den klebrigen Zwieback angefasst hatte. »Und wie stellen wir jetzt fest, ob es sich um Helmut Zacher handelt?«, wollte sie wissen.

»Indem wir seine DNA mit der seines Sohnes vergleichen«, belehrte sie Charlotte. Meine Güte, das war ja sogar weniger als das Standardrepertoire, was die Dame draufhatte! Wie kam Bitomsky dazu, ihr diese Schlaftablette zuzuweisen?

Frau Schmidt-Rohrbach begann erneut, in der Akte zu blättern, bis sie auf die Fotografie aus Kanada stieß. »Ach ja, hier, der Säugling.« Sie betrachtete das Bild eingehend.

»Ja. Moritz ist jetzt sechzehn«, sagte Charlotte, um keinen falschen Eindruck entstehen zu lassen, und atmete tief durch. Vielleicht sollte sie einen Yoga-Kurs anfangen, um ihre Geduld für solche Situationen zu stählen.

»Ich werde als Erstes mal die Ehefrau des mutmaßlichen Opfers befragen«, beschloss Frau Schmidt-Rohrbach und stemmte sich mit einem Hohlkreuz ins Polster.

»Mit Regina Zacher habe ich schon gesprochen.«

»Ich denke, Sie sind undercover.« Frau Schmidt-Rohrbach war noch nicht geneigt, sich das Heft aus der Hand nehmen zu lassen.

»In der Laubenkolonie. Aber da gehört Regina Zacher ja nicht wirklich dazu.« Sie hatten die Kleingartenanlage fast erreicht, und Charlotte hielt an. »Am besten, Sie steigen hier aus und laufen den Rest.«

Frau Schmidt-Rohrbach musterte sie mit einem Blick, in dem eine Mischung aus Verletztheit und Stolz lag. »Ich weiß, dass Sie sich überlegen fühlen, aber Herr Bitomsky hat gesagt, wir bearbeiten den Fall gemeinsam«, sagte sie spitz. Sie biss sich auf die Lippen, bevor sie fortfuhr. »Also hören Sie auf, mich zu behandeln, als … wäre ich Ihre Praktikantin.«

Charlotte starrte durch die Frontscheibe und umklammerte dabei das Lenkrad. Die Kollegin hatte ja recht. Sie sollte ihre Antipathie besser im Griff haben. »Ja. Natürlich bearbeiten wir den Fall gemeinsam. Es ist doch nur, damit uns niemand aus der Kolonie zusammen sieht«, sagte sie konziliant.

Frau Schmidt-Rohrbach griff zum Türöffner und stieg aus. »Ja, klar«, sagte sie tonlos und schlug die Tür mit Schwung zu.

## ZEHN

Am nächsten Morgen war Charlotte früh im Landeskriminalamt. Sie hatte Regina und Moritz Zacher zur DNA-Entnahme einbestellt.

Auf dem Weg zur Rechtsmedizin traf sie auf Frau Schmidt-Rohrbach.

»Na, waren Sie erfolgreich gestern?«, fragte sie, um die Stimmung zwischen sich und der Kollegin ein bisschen aufzubessern. Sie selbst hatte gestern nur eine kurze Stippvisite in der Kolonie gemacht, um sich den Rest des Tages David zu widmen.

»Ich bin immer erfolgreich«, erwiderte Frau Schmidt-Rohrbach spitz. »Jedenfalls habe ich im Kleingartenverein eine Menge herausgefunden.«

Auch wenn sich Charlotte über die brüske Art der Schmidt-Rohrbach ärgerte, siegte ihre Neugier. »Was denn?«, fragte sie, noch immer um einen halbwegs freundlichen Ton bemüht.

»Das werde ich Ihnen zu gegebener Zeit erläutern«, entgegnete Frau Schmidt-Rohrbach schnippisch.

»Mein Gott, wenn Sie das unter kollegialer Zusammenarbeit verstehen«, gab Charlotte genervt zurück und ließ die Kollegin stehen. Sie konnte sich auch so vorstellen, dass Frau Schmidt-Rohrbach sich auf die Alibis der Kleingartenmitglieder konzentriert hatte.

Regina Zacher und ihr Sohn Moritz standen bereits im Labor der Rechtsmedizin.

Moritz hatte den Mund weit geöffnet, während Edgar Strelow mit einem langen Wattestab einen Abstrich von der Wangenschleimhaut nahm.

»So, das war's schon.« Edgar verstaute den Stab im dafür vorgesehenen Behältnis.

Moritz drehte sich um und ging langsam zu seiner Mutter hinüber, die der Prozedur in der Nähe der Tür schweigend gefolgt war. Sie wandte sich ab und wollte mit ihrem Sohn den Raum verlassen, als Edgar ihnen hinterherrief: »Wenn ich Sie dann auch bitten dürfte.«

Regina Zacher drehte sich noch einmal um und kam Edgar ein paar Schritte entgegen. »Aber wozu? Ich denke, es geht um die Identifizierung des Toten?«, fragte sie erstaunt, während ihr Sohn den Raum bereits verlassen hatte und langsam den langen Flur mit den Schaukästen voller Exponate entlangging.

»Wir brauchen die DNA der Mutter, um wirklich zweifelsfrei feststellen zu können, ob es sich bei dem Toten wirklich um den Vater von Moritz handelt«, erklärte Edgar.

Charlotte nutzte die Zeit, um einen Kollegen der Spurensicherung nach weiteren Ergebnissen zu befragen.

»Wir haben an allen Schuhen Spuren gefunden, die mit den Proben vom Grundstück übereinstimmen«, erklärte ihr der Kriminaltechniker im weißen Kittel.

Sie wurde kurz abgelenkt, als sie Moritz in seinem knöchellangen schwarzen Ledermantel den Flur entlanggehen sah.

»Das habe ich befürchtet. An dem Tag, als Albrecht Leimen dort zusammengebrochen ist …«, erwiderte Charlotte und sah, wie Moritz durch eine Glastür in den Obduktionsraum eintrat. Sie brach mitten im Satz ab und folgte ihm hastig.

Moritz hatte die Bahre entdeckt, auf der die im Kleingarten gefundenen Knochen anatomisch korrekt angeordnet lagen. Mit hängenden Schultern blieb er davor stehen und sah auf die Knochen herab. Schließlich drehte er sich zu Charlotte um, die neben ihn getreten war.

»Denken Sie, das ist mein Vater?«

Charlotte zuckte die Schultern. »Ich weiß es nicht. Es tut mir leid. Ich hätte mit deiner Mutter lieber allein sprechen sollen.« Sie dachte daran, wie Moritz ihrem Gespräch mit Regina Zacher aufmerksam, aber stumm gefolgt war. Womöglich war dadurch etwas in dem jungen Mann geweckt worden, von dem er gar nicht gewusst hatte, dass es dort schlief.

»Sie erzählt mir ja nichts von früher«, sagte Moritz bitter.

»Moritz?«, drang Regina Zachers Stimme vom Flur zu ihnen. Offenbar suchte sie nach ihm.

»Scheiße«, sagte Moritz, und Charlotte konnte nicht sagen, ob er seiner Mutter den Anblick der Knochen ersparen oder von ihr nicht entdeckt werden wollte.

»Wenn du willst, lenk ich sie kurz ab«, bot sie an und kehrte auf den Flur zurück. Als sie einen Blick über die Schulter warf, sah sie, dass Moritz wieder gedankenversunken auf die Skelettteile starrte. Mitleid durchflutete sie. Sie musste den Fall aufklären, das war sie nicht zuletzt diesem Jungen schuldig, dessen Leben sie so durcheinandergewirbelt hatte.

***

Bevor sich die Natur in tristes Wintergrau verwandelte, brannte sie noch einmal ein üppiges Farbfeuerwerk ab. Die Bäume leuchteten in allen Farben, die Herbstblumen lockten mit ihrer Pracht, und selbst die Vögel zwitscherten ein lautstarkes Konzert, wie es eigentlich nur im Frühjahr während der Paarungszeit in den frühen Morgenstunden zu hören war.

Allerdings schienen nur wenige der Gartenbesitzer den Zauber der Natur wahrzunehmen. Fast alle waren emsig mit Arbeiten in ihren Parzellen beschäftigt. Auch in Schröders Garten herrschte Betriebsamkeit.

Der alte Apothekerschrank mit den Glastüren, der unter dem Vordach der Schröder'schen Veranda stand, war durch kein Schloss gesichert und für jedermann sichtbar und zugänglich. Auf dem Schrank stand ein gelber Plastikbehälter mit Spritzdüse, dessen Vorderseite ein durchgekreuzter Totenkopf zierte, das internationale Symbol für Gift.

Schröder trug froschgrüne Gummihandschuhe und starrte in den Schrank, in dem ein ganzes Arsenal kleiner Fläschchen und Packungen sauber aufgereiht war. Er wählte ein Gefäß mit milchiggelbem Inhalt, das zwischen einer Packung mit der Aufschrift »Wühlmaus Raus« und einer anderen Flasche mit dem Giftsymbol auf der Frontseite stand. Unkraut musste man radikal vernichten, sonst geriet es außer Kontrolle. Und Schröders Kontrolle sollte nichts entgehen, zumindest nichts, was sich hier in der Kolonie abspielte. Nur leider hielt sich nicht jeder daran – zum Beispiel diese Lindholm. Was hatte sie bei den Untersuchungen der Polizei auf Zachers Grundstück zu suchen gehabt?

»Bist du sicher?«, fragte Margret von der Eingangstür zur Laube und rührte weiter mit Verve in ihrem knallblauen Kunststofftopf.

»Ich hab sie gesehen«, erwiderte er, entnahm dem Schrank weitere Flaschen und Packungen und baute sie auf der Platte auf.

»Warst du schon bei Felser?«, fragte seine Frau.

»Er weiß nichts davon, dass sie die Laube umbauen wollen.« Noch so eine Geschichte. Seine Frau hatte ihm vom Besuch der Lindholm im Vereinsheim berichtet. Von wegen Besuch – beim Rumschnüffeln in den Grundstücksordnern hatte sie sie erwischt und sich eine Lügengeschichte von ihr aufbinden lassen. Er hatte sofort gewusst, dass sie nicht hierherpasste. Genauso wenig wie Regina damals …

Margret unterbrach ihre Arbeit. »Was hat sie denn dann im Büro gesucht?«

»Der Frau ist nicht zu trauen«, sagte er und ließ ein Häufchen knallroten Granulats in seine Hand rieseln. Margret schenkte ihm einen verständnisinnigen Blick. Zu schade, dass man das »Ex! Rattentod« nur zur Schädlingsbekämpfung einsetzen durfte …

Charlotte registrierte die Arbeit der Gartennachbarn mit einem Kopfschütteln. Ihrer Meinung nach gehörte Unkraut zu richtiger Natur einfach dazu.

Sie hatte sich mit Frau Schmidt-Rohrbach in Martins Laube verabredet. Jetzt würde ihr die Kollegin hoffentlich erzählen, was sie herausgefunden hatte. Im Gegensatz zu ihr selbst konnte sie offen agieren und mit der Autorität der Staatsgewalt im Rücken Befragungen durchführen.

Wie bei einem konspirativen Treffen waren die Jalousien herabgelassen. Vor der Kollegin lag die Ermittlungsakte.

»Für neulich Nacht haben alle mehr oder weniger gute Alibis. Wollen Sie sie hören?«, berichtete Frau Schmidt-Rohrbach von ihren ersten Untersuchungen in der Laubenkolonie und sortierte dabei kleine Kärtchen, auf denen sie ihre Notizen niedergeschrieben hatte.

Charlotte musste sich zusammenreißen, um nicht sofort wieder genervt zu sein. Was sollte diese Zettelwirtschaft? Und hatte sie es nicht gewusst? Mehr als die Routine-Alibiprüfung hatte die Kollegin gestern nicht gemacht.

»Ach nein, bitte nicht. Im Zweifel waren alle zu Hause und haben ferngesehen. Aber immer zu zweit«, wehrte sie ab. Natürlich würde keiner der Kleingärtner freiwillig zugeben, beim Umbetten der Leiche dabei gewesen zu sein.

»Richtig«, bestätigte Frau Schmidt-Rohrbach und schaute zu Martin hinüber, der damit beschäftigt war, Espresso zu kochen. Seitdem Charlotte ihm erzählt hatte, dass Schröders großzügig Gift spritzten, war seine Begeisterung für das ach so naturnahe Laubenleben merklich geschwunden, und er benutzte Mineralwasser für die Kaffeezubereitung.

»Und was haben Sie über damals rausgefunden?« Charlotte blickte ihre Kollegin ungeduldig an.

»Am Abend vor Zachers Ausreise gab es eine Abschiedsparty in seiner Laube«, berichtete Frau Schmidt-Rohrbach beflissen.

»Und wer war alles da?« Meine Güte, musste man der denn wirklich alles aus der Nase ziehen?, dachte Charlotte gereizt. Und jetzt fing sie auch noch an, wieder in ihrem Kartenstapel zu kramen ... Charlotte wusste nicht, wie lang sie das noch würde aushalten können. Aus gutem Grund hatte sie bisher auf einen festen Partner während ihrer Ermittlertätigkeit verzichtet. So gut sie mit den unterschiedlichsten Marotten ihrer Mitmenschen im Privaten umgehen konnte, so unerträglich war es ihr, im Job darauf Rücksicht nehmen zu müssen.

Frau Schmidt-Rohrbach besah sich in aller Ruhe Karte für Karte, bis sie die passende gefunden hatte. »Ja, ähm, Familie Zacher, logisch, und Jürgen und Andrea Klose-Sanders, Helga und Klaus Reimann. Albrecht und Katharina Leimen, die soll aber nur kurz dabei gewesen sein, weil, die war Krankenschwester, die hatte Nachtdienst. Das waren alle.«

Charlotte, die während des Vortrags einen Blick durch

die Ritzen der herabgelassenen Jalousie geworfen hatte, stutzte.

»Und was ist mit Schröders?«, fragte sie. War das Ehepaar, das Andrea und Helga Reimann als »Gartenpolizei« bezeichnet hatten, bei der Party nicht dabei gewesen?

»Die waren nicht eingeladen. Die erinnern sich aber noch gut an den Lärm ...«, fuhr Frau Schmidt-Rohrbach fort.

»Was denn für Lärm?«, unterbrach Charlotte sie und griff nach dem Kugelschreiber, der neben den Karten lag.

»Ähm, laute Musik ... und ein Streit«, las Frau Schmidt-Rohrbach vor, dann nahm sie Charlotte den Kugelschreiber aus der Hand und legte ihn exakt ausgerichtet vor sich auf den Tisch. »Worum es ging, wüssten sie nicht. Nur dass es dann irgendwann plötzlich ruhig war und Regina Zacher wie ein hypnotisiertes Kaninchen an ihnen vorbeigerannt ist.« Sie wedelte mit den Händen, als würde sie ein großes Orchester auffordern, die nächsten Takte piano zu spielen.

»Klaus meint, Helmut Zacher war krankhaft eifersüchtig«, mischte sich Martin von der Küchenzeile aus ein.

»Ja«, sagte Frau Schmidt-Rohrbach, ohne auf Martins Einwand einzugehen. »Alle anderen sagen übereinstimmend, Regina wäre dann weg aus der Laube, und sie hätten Helmut wieder beruhigt. Und dass Albrecht Leimen als Letzter dageblieben ist, als sie weggegangen sind. Ah ja! Und jetzt kommt was Interessantes.« Sie wechselte zum nächsten Kärtchen, während Charlotte mit den Karten spielte, die sie zuvor auf dem Tisch abgelegt hatte. »Albrecht Leimen war Zahnarzt.«

»Ach?«, sagte Charlotte überrascht, und auch Martin unterbrach sein hektisches Hantieren mit der Espressomaschine.

»Er wusste also, wie wichtig das Zahnprofil für die

Identifizierung von Leichen ist«, fuhr Frau Schmidt-Rohrbach fort.

»Ja natürlich.« Charlotte nickte. »Und er wusste, wie man Zähne zieht. Das würde erklären, warum der Kiefer des Toten so wenige Verletzungen aufweist.«

Martin hatte seine Aktivitäten an der Küchenzeile abgeschlossen und kam mit einem Tablett, auf dem er die Espressomaschine, Tassen, Löffel und Zucker balancierte, zu den beiden Frauen an den Tisch.

»Also war Albrecht Leimen der Mörder. Und der ist mittlerweile leider tot«, dozierte er, setzte sich und schenkte die Tassen voll.

»Und was ist mit den zweien, die bei Nacht und Nebel die Leiche umgetopft haben?«, fragte Charlotte.

»Zucker?« Martin reichte Frau Schmidt-Rohrbach den Streuer und wurde mit einem strahlenden Lächeln dafür belohnt.

»Ja, danke.« Statt den Zucker in ihren Espresso zu schütten, behielt sie den Streuer in der Hand und blickte Martin mit leuchtenden Augen an.

»Wieso sollten sie das tun, wenn sie mit dem Mord nichts zu tun hatten?«, setzte Charlotte nach.

»Vielleicht waren's Satanisten. Der Junge von letztens und seine Freunde«, sagte Martin, und der Spott blitzte in seinen Augen.

»Nein, Moritz …«, wollte Charlotte antworten, aber ihr wurde keine Beachtung geschenkt. Frau Schmidt-Rohrbach zeigte mit dem Zuckerstreuer auf Martin und himmelte ihn förmlich an.

»Ah, wie in Ihrem Buch! Das hab ich übrigens an einem Wochenende gelesen. – *Verschlungen!*«, hauchte sie.

»Tatsächlich?« Martin reckte sich voller Stolz.

Charlotte sah ungläubig zwischen den beiden hin und

her. Martin und Frau Schmidt-Rohrbach schienen sie völlig vergessen zu haben.

»Wissen Sie, diese Stelle mit den Satansanbetern ...«, ereiferte sich Frau Schmidt-Rohrbach und schüttelte sich genüsslich, »... und wie sie dann dem Hausmeister die Kehle und ... wie sie sich dann mit seinem Blut ... ahh! Ich hab gelesen und gelesen, und dann war schon wieder Montag.«

Martin hatte ihr mit offenem Mund und einem glücklichen Lächeln zugehört.

»Haben Sie noch was?«, fragte Charlotte barsch dazwischen und nahm Frau Schmidt-Rohrbach den Zuckerstreuer aus der Hand, mit dem diese die ganze Zeit über gewedelt hatte.

Ihre Kollegin blinzelte, als würde man sie in eine andere Welt zurückholen, dann hatte sie sich wieder im Griff.

»Ja«, sagte sie schnippisch. »Bislang sind Sie unsere Hauptverdächtige.«

Martin, der gerade die Tasse an den Mund gesetzt hatte, verschluckte sich lautstark, was Frau Schmidt-Rohrbach nicht daran hinderte, ungerührt fortzufahren: »Sie wurden am Morgen nach der Umbettung auf dem Zacher'schen Grundstück gesehen. Am selben Tag sind Sie in das Büro des Vereins eingebrochen ...«

Charlotte schenkte sich Espresso nach. »Ach Quatsch! Die Tür stand sperrangelweit offen!«

»... und Sie haben sich auffällig für die Zachers interessiert«, ließ sich Frau Schmidt-Rohrbach nicht aus dem Konzept bringen.

Charlotte hatte keine Lust, auf die lächerliche Anschuldigung einzugehen. »Haben Sie die Flüge überprüfen lassen?«, fragte sie stattdessen und fühlte sich dabei wie eine Lehrerin, die das Wissen einer Schülerin abfragt, von deren Klugheit sie nicht unbedingt überzeugt ist.

»Ja, keiner der Namen aus der Kolonie taucht auf einer Passagierliste der Flüge aus Kanada, Südamerika oder den USA nach Deutschland auf.« Frau Schmidt-Rohrbach wühlte in einem anderen Stapel mit dicht beschriebenen Kärtchen.

Charlotte leckte betont gelangweilt ihren Teelöffel ab, doch Frau Schmidt-Rohrbach ließ sich davon nicht beirren. Sie war jetzt in der Rolle der Gefragten, die begierig darauf aus war, ihr Wissen preiszugeben. »Aber – ich hab den umgekehrten Test gemacht. Und die Alibis vom 14.8.1996 überprüft.«

Charlotte war mehr als erstaunt. »Was? Das ist zwölf Jahre her.« Mit einem raschen Seitenblick bemerkte sie, dass Martin ihrem kleinen Schlagabtausch genussvoll folgte.

»Ja. Aber das war ein Mittwoch, und Jürgen Klose-Sanders und Theo Schröder waren beide bis zum Ende der Woche, also bis einschließlich 16.8., krankgeschrieben«, verkündete Frau Schmidt-Rohrbach triumphierend und klopfte dabei unablässig mit dem Zeigefinger auf ihre Kärtchen, als würde daraus die Wahrheit nur so hervorsprudeln. »Jeder von ihnen hatte also genügend Zeit, nach Kanada und zurück zu fliegen!«

Martins Miene spiegelte Bewunderung. Charlotte nahm sich vor, ihn dafür zu Hause gebührend büßen zu lassen, auch wenn sie nicht umhinkam, der Kollegin für ihre Fleißarbeit Respekt zu zollen.

»Haben Sie bei den Passagierlisten den Namen Klose-Sanders auch einzeln überprüft?«, fragte sie ohne große Hoffnung.

»Ja«, nickte Frau Schmidt-Rohrbach. »Jürgen Klose, Jürgen Sanders, beides Fehlanzeige.« Dabei stöberte sie in ihren Kärtchen, als könne sie dort noch mehr Informationen herauslesen.

Charlotte sah auf ihre Armbanduhr. »Oh. Ich muss rüber.« Sie stand auf. »Die Probe fängt gleich an.«

»Was für eine Probe?«, fragte Frau Schmidt-Rohrbach erstaunt, aber Charlotte hatte kein Lust, die Neugier der Kollegin zu befriedigen. Sollte die Schmidt-Rohrbach doch weiter mit Martin turteln und sie ihre Arbeit machen lassen.

Im Rausgehen hörte sie, wie Martin verlegen hüstelte und dann zaghaft fragte: »Und was lesen Sie sonst so?«

Charlotte machte, dass sie wegkam.

***

Im Vereinsheim herrschte reges Treiben. An der Stirnwand vor den Glasbausteinen hing ein großes Transparent mit der Aufschrift »Erntedank e.V.«, die Tische waren zur Seite geräumt worden. Auf einer provisorischen Bühne probte eine Reihe Kinder die Aufführung eines Erntedanklieds. Für Charlotte klang es ziemlich schief und unbeholfen, auch wenn Jürgen Klose-Sanders, der auf einem Keyboard die Begleitmusik spielte, bemüht war, den Takt vorzugeben.

Auf den Tischen lagen ausgehöhlte Kürbisse mit geschnitzten Fratzen; Margret Schröder war damit beschäftigt, sie ansprechend zu arrangieren und den Raum mit Ähren und Getreidehalmen zu dekorieren. Helga Reimann hatte einen anderen Tisch in Beschlag genommen und schnitt einen Streuselkuchen in Stücke.

Charlotte hatte man an einen Ecktisch bugsiert, an dem Andrea Klose-Sanders saß und Kostüme nähte, und ihr ebenfalls eine Näharbeit zugewiesen. Handarbeiten gehörten nicht gerade zu ihren ausgeprägtesten Talenten. Kritisch betrachte sie ihr Werk und hielt es Andrea hin.

»Ich weiß nicht, wie Sie das machen, bei mir wird es schief und krumm. Schauen Sie mal.«

Andrea nahm ihr das halb fertige Kürbiskostüm ab. Mit hastigen Bewegungen richtete sie zwei übereinanderliegende Filzstücke aus und gab es Charlotte zurück.

»Sie wollten doch mal mit mir sprechen«, sagte Charlotte so leise, dass es niemand hören konnte. Sie warf einen Blick auf Klaus Reimann, der an der Stirnseite des Tresens saß, rauchte und unablässig zu ihrem Tisch hinübersah. Obwohl sie geflüstert hatte, kam es Charlotte vor, als würden alle Anwesenden im Raum ihre ganze Aufmerksamkeit auf sie und Andrea richten, als wären alle daran interessiert zu erfahren, was sie miteinander zu besprechen hatten. Auch Margret Schröder, die gerade eine Rispe mit Tomaten auf einem Tisch platzierte, beäugte sie aus der Distanz.

»Ja«, wisperte Andrea zurück und hielt ihren Blick dabei unverwandt auf Klaus Reimann gerichtet, hinter dem in diesem Moment Theo Schröder auftauchte.

»Da gibt's Fragen zur Pacht«, sagte er zu Reimann. »Komm mal mit ins Büro.« Er forderte ihn mit einem Kopfnicken auf, ihm zu folgen, und ging in das kleine Kabuff voraus. Reimann warf Charlotte und Andrea noch einen letzten Blick zu, sog tief an seiner Zigarette und folgte ihm.

»Wie geht es Ihnen?«, fragte Charlotte leise.

Auf Andreas Stirn hatte sich eine Falte gebildet, ihre Lippen waren zusammengepresst. Mit flackernden Augen sah sie Charlotte an.

»Haben Sie noch diese Angst?«

Mit einer kaum merklichen Kopfbewegung nickte die Lehrerin. Charlotte sah, dass sich Margret ihrem Tisch näherte. »Wovor?«, fragte sie schnell.

Bevor Andrea antworten konnte, hatte sich Margret

Schröder zu ihr heruntergebeugt und flüsterte ihr etwas ins Ohr, das Charlotte nicht hören konnte. Andrea fing an zu zittern. Fahrig schob sie ihre Brille auf der Nase hin und her.

»Ist es stärker geworden?«, fragte Charlotte wispernd, nachdem Margret wieder gegangen war, nicht ohne noch einmal mit kritischer Miene zurückzuschauen.

Andrea hatte den Kopf gesenkt und schluckte mehrfach, bis sie Charlotte hilfesuchend ansah. »Am Anfang dachte ich ja noch, es wird besser mit der Zeit …«

Charlotte beobachte Helga Reimann, die am Nebentisch weitere Kuchen aufschnitt. Mit schnellen, präzisen Bewegungen stieß sie das Messer in das Gebäck, während ihr Blick unablässig auf Andrea gerichtet war.

»… aber jetzt, wenn ich aufwache … weiß ich nicht, was schlimmer ist, meine Alpträume oder das Gefühl, dass noch ein ganzer Tag vor mir liegt«, sagte Andrea.

»Wie hat denn das angefangen?«, fragte Charlotte und bemerkte, dass der Kindergesang aufgehört hatte.

Sie wurden durch Jürgen Klose-Sanders unterbrochen, der seiner Frau ein Glas Wasser und eine Tablette reichte. »Hier«, sagte er und sah zu, wie Andrea folgsam die Tablette schluckte und mit Wasser nachspülte. »Mir fehlt es an psychologischem Geschick«, wandte er sich dann an Charlotte. »Können Sie mir«, er zeigte in Richtung der provisorischen Bühne, »mit den Kindern helfen?«

Für Charlotte war es offensichtlich, dass er sie von Andrea fortlocken wollte. Die Kleingärtner waren nicht daran interessiert, dass sie ihr Gespräch mit seiner Frau fortsetzte.

»Klar«, sagte sie gespielt gelassen und stand auf.

***

Frau Schmidt-Rohrbach wollte ihren eigenen Weg zur Lösung des Falls beschreiten. Sie hatte andere Vorstellungen von der Ermittlungsarbeit als Charlotte, insbesondere da sie nicht verdeckt arbeitete.

Sie hatte die Zeit, die Charlotte bei der Vorbereitung des Erntedankfestes verbrachte, genutzt und Klaus Reimann aufgesucht. Nun stand sie neben ihm im kleinen Büro hinter dem Schankraum.

Reimann, der auch jetzt seinen Hut aufbehielt, hatte hinter dem Schreibtisch Platz genommen und blätterte in einem vergilbten Kassenjournal, das er vor sich ausgebreitet hatte. Frau Schmidt-Rohrbach äugte ihm über die Schulter.

»Die Pacht für den Garten der Zachers wurde seit September 96 einmal jährlich bar eingezahlt«, beantwortete er ihre Frage nach dem heutigen Pächter der Parzelle. Von Charlotte wusste sie, dass es nicht Regina Zacher war, dass diese sich sogar erstaunt darüber gezeigt hatte, dass das Grundstück immer noch auf den Namen Zacher eingetragen war.

»Von wem?«, fragte sie und versuchte, selbst etwas zu erkennen.

Reimann schüttelte den Kopf. »Tja, das halten wir hier nicht fest.« Sein Blick wanderte zur Tür, in der Schröder stand, die Hände tief in den Taschen seines Trainingsanzugs vergraben, und mit finsterer Miene zusah. Reimann blätterte demonstrativ ein paar Seiten vor und zurück, als wolle er damit bekunden, dass solche Informationen auch nicht an anderer Stelle zu finden seien, dann rieb er sich die Hände wie weiland Pilatus.

Frau Schmidt-Rohrbach stieß einen Seufzer aus. Dann machte sie zwei Schritte auf das Aktenregal zu, ließ ihren Blick über die Ordnerrücken schweifen und zog einen blauen Ordner hervor. Mit einer Mischung aus Vorwurf und Triumph sah sie auf Klaus Reimann herab und ließ sich auf der Ecke des Schreibtischs nieder. Sie hatte die Kontoauszüge des Vereins entdeckt.

Reimann und Schröder tauschten einen resignierten Blick. Aus der Gaststube drang enervierend der dünne »Erntedank – Erntedank«-Gesang des Kinderchors herüber.

***

Weil Charlotte darauf bestand, weiterhin inkognito im Kleingartenverein zu ermitteln, hatte sich Frau Schmidt-Rohrbach notgedrungen zu Fuß auf den Weg in Richtung Stadt gemacht. Unterwegs wurde sie von Charlotte aufgegabelt.

Charlotte hatte auf dem kurzen Weg vom Parkplatz bis zum Treffpunkt mit ihrer Kollegin ihre Mutter angerufen, die sich als Babysitter angeboten hatte.

»Martin hat noch einen Termin in Lüneburg und holt David dann bei dir ab, okay?«, fragte Charlotte.

»Wo bist du denn?«, wollte Annemarie wissen.

Charlotte hatte nicht vor, ihrer Mutter zu verraten, dass sie in einem Mordfall ermittelte. »Unterwegs«, wich sie aus.

Doch ihre Mutter kannte sie zu gut. »Arbeitest du etwa wieder?«, fragte sie misstrauisch.

Charlotte ließ ihre ungeduldig wartende Kollegin einsteigen, während sie das Gespräch über die Freisprechanlage fortführte. »Du hast doch selbst gesagt, ich soll nicht so 'ne Glucke sein.«

Sie räumte ihr noch unvollendetes Erntedank-Kostüm vom Beifahrersitz und warf es lässig über die Rückenlehne in den Fond, während ihre Mutter irgendetwas Unverständliches auf Chinesisch erwiderte, das blechern aus dem Lautsprecher drang.

»Alles klar, Mama«, sagte Charlotte ironisch lächelnd. »Ciao!«

Frau Schmidt-Rohrbach hatte noch gar nicht richtig Platz genommen, als sie »In der Mitte liegt das Gold« sagte.

»Bitte?« Charlotte konnte mit dieser Weisheit nichts anfangen.

*»Dschung jung tschi tau«*, wiederholte Frau Schmidt-Rohrbach den Satz, den Annemarie gesagt hatte.

Charlotte fuhr los. »Sprechen jetzt alle Chinesisch?«, fragte sie amüsiert.

»Das ist die meistgesprochene Sprache der Welt«, klärte sie Frau Schmidt-Rohrbach auf, während sie sich anschnallte.

»Den Eindruck hab ich auch«, antwortete Charlotte trocken und wurde durch das aufreizende Klingeln des Handys unterbrochen. Sie drückte den Annahmeknopf und sagte laut über die Freisprechanlage: »Ja, Mama, ich weiß. ›In der Mitte liegt das Gold.‹«

Statt ihrer Mutter meldete sich eine Männerstimme, die für ein paar Sekunden die Verblüffung über diese Begrüßung überwinden musste. »Frau Lindholm? Hier ist Edgar.«

»Herr Strelow?«, entgegnete Charlotte bewusst förmlich.

Edgar ließ sich davon nicht abhalten, einen erneuten Flirtversuch zu starten. »Wollen Sie nicht vorbeikommen und etwas Glanz in unsere triste Forensik bringen? Ich würde Ihnen gerne was sagen.«

Ihre Kollegin folgte dem Dialog mit offenem Mund vom Beifahrersitz aus und quittierte Edgars Geplänkel mit einer hochgezogenen Augenbraue.

»Herr Strelow, ich sitze gerade mit Frau Schmidt-Rohrbach im Auto. Um was geht's denn?«, versuchte Charlotte, Edgar zu bremsen und auf die mithörende Anwesenheit der Kollegin aufmerksam zu machen.

Edgar schien es verstanden zu haben. »Das Ergebnis der DNA-Untersuchung ist da. Unser Toter ist nicht verwandt mit Moritz Zacher.«

Diese Neuigkeit war so bedeutsam, dass Charlotte beschlossen hatte, umgehend ins Landeskriminalamt zu fahren. Ihr Weg führte sie sofort in den Obduktionsraum, wo Edgar sie ungeduldig erwartete. Er zeigte auf das aufgebahrte Skelett.

»Aber wenn der Genosse hier nicht Zacher ist, wer ist er dann?«

»Zacher!«, beharrte Charlotte stur.

Frau Schmidt-Rohrbach, die sich ein wenig im Hintergrund gehalten hatte, trat an die Bahre heran. »Zacher?«, fragte sie ungläubig und offenbar an Charlottes Sachverstand zweifelnd.

Charlotte hatte den Kopf nachdenklich in die Hand gestützt. Jetzt vollführte sie eine erklärende Geste. »Vielleicht ist Zacher nur einfach nicht der Vater von Moritz.«

»Warum beißen Sie sich denn so an Zacher fest?« Frau Schmidt-Rohrbach schien fast ein wenig aufgebracht. Sie konnte und wollte Charlottes Hartnäckigkeit nicht folgen.

»Weil da was nicht stimmt! Ein Mann, der so eifersüchtig ist wie Zacher, der lässt doch seine Frau nicht einfach allein.« Charlotte begann im Raum auf und ab zu gehen. »Er wollte sie mitnehmen, nach Kanada, aufs Land, um sie endlich ganz für sich zu haben.«

Ihre Kollegin ging ihr nach. »Und – wer könnte ein Interesse daran gehabt haben, ihn daran zu hindern, außer Regina Zacher selbst?«, gab sie zu bedenken.

Charlotte ließ Frau Schmidt-Rohrbach stehen und kehrte an ihren Ausgangspunkt zurück. »Vielleicht der wirkliche Vater von Moritz«, überlegte sie laut.

Charlotte war von der Richtigkeit ihrer Überlegung überzeugt. Jetzt galt es, die Vermutung durch Beweise zu untermauern. Aber dazu benötigte sie Bitomskys Unterstützung.

Er hörte ihr aufmerksam und ohne Zwischenfragen zu, dann schüttelte er bedauernd den Kopf. »Ich kann nicht auf gut Glück schon wieder einen Vaterschaftstest an einer Leiche durchführen lassen. Ohne die Einwilligung der Mutter schon mal gar nicht«, erklärte er mit Nachdruck.

Doch Charlotte ließ sich nicht von ihrer Idee abbringen, auch nicht durch Frau Schmidt-Rohrbach, die neben ihr auf einem Besucherstuhl vor Bitomskys Schreibtisch kauerte und krampfhaft ihre kleinen bunten Kärtchen festhielt.

»Ach, Regina Zacher lügt vermutlich, was den Vater ihres Sohnes angeht«, argumentierte Charlotte.

»Ja, das tun viele Frauen.« Bitomsky war nicht überzeugt. »Ist das alles, was Sie bisher rausgefunden haben?« Er wirkte enttäuscht über den Stand der Ermittlungen.

Frau Schmidt-Rohrbach drückte ihr Kreuz durch. Offenbar war das das Stichwort, auf das sie gewartet hatte. »Die Pacht des Zacher'schen Grundstücks wird seit Jahren von Andrea Klose-Sanders bezahlt«, verkündete sie und unternahm gar nicht erst den Versuch, den Triumph über ihr Ermittlungsergebnis zu unterdrücken.

»Was?« Charlotte starrte sie perplex an.

»Ja.« Frau Schmidt-Rohrbach nickte selbstgefällig und alles andere als schuldbewusst.

»Wieso haben Sie mir das nicht gesagt?«, fuhr Charlotte sie zornig an.

»Ich sag's doch jetzt«, gab Frau Schmidt-Rohrbach spitz zurück.

Bitomsky war die Rivalität zwischen den beiden Frauen nicht entgangen. Er holte tief Luft und seufzte: »Kommen Sie wieder, wenn Sie sich auf einen Verdacht geeinigt haben.«

Charlotte griff ihre Umhängetasche, warf ihrer Kollegin einen vernichtenden Blick zu und stand wütend auf. »Ach …«, sagte sie nur und stürmte aus dem Büro. Sie zog die Tür hinter sich vehement zu, obwohl sie bemerkt hatte, dass Frau Schmidt-Rohrbach ihr gefolgt war und nun gegen das Holz lief.

Charlotte ließ sie auf dem Flur stehen und ging ohne Umwege erneut zur Rechtsmedizin.

Edgar Strelow saß an seinem Schreibtisch und hielt einen angebissenen Burger in der Hand. Konzentriert hörte er sich Charlottes Bitte an.

»Die DNA von Albrecht Leimen ist kein Problem«, erklärte er, als sie geendet hatte.

»Gut.« Charlotte atmete durch. »Ach, und: Der Test ist eher inoffiziell. Das Ergebnis teilen Sie mir am besten persönlich mit. – Ja?«

Edgar grinste sie an. »Gehen Sie dafür mit mir essen? Ganz offiziell?«

Er ließ wirklich nichts unversucht, sie zu einem Rendezvous zu überreden. Charlotte musste lächeln.

»Das würde ich gerne«, antwortete sie und wandte sich zum Gehen. »Aber Sie haben ja leider keine Zeit!«

***

Charlotte war froh, den aufreibenden Arbeitstag hinter sich zu haben und sich endlich eingehend um ihren kleinen Sohn kümmern zu können.

Sie saß in der Küche, hielt David im Arm und fütterte

ihn liebevoll. Der Kleine sah mit großen Augen zu ihr auf und öffnete beim Annähern des Löffels das Mündchen wie ein kleiner Nesthocker, der seine Eltern um Futter anbettelt. Charlotte betrachtete ihn gerührt. Nicht nur das Lätzchen war bekleckert, auch rund um seinen Mund hatte sich der Brei verteilt.

Plötzlich drang Martins laute Stimme vom Flur zu ihr. Offenbar telefonierte er.

»*Yes, okay.* Tschüss! *Bye-bye!*«, brüllte er in einer Lautstärke in den Hörer, als sei sein Gesprächspartner am anderen Ende schwerhörig. Er legte auf und kam zu Charlotte in die Küche geeilt.

»Weißt du, wer das war?«, fragte er atemlos und wischte sich eine vorwitzige Haarsträhne aus der Stirn.

»Nein«, entgegnete Charlotte fragend.

»Das glaubst du gar nicht, wer das war«, stammelte er. »Das war Random House aus New York! – Die wollen meinen Roman ›Der satanische Kreis‹ auf Englisch ...!«

»Nein!«, rief sie aus. Sie freute sich aufrichtig für Martin – auch wenn sie mit seinem Buch nichts anfangen konnte.

»The Satanic circle«, ergänzte Martin pathetisch.

»Ich gratulier dir!« Charlotte sah zu David und ließ ihn spielerisch an ihrem Finger herumbeißen. »Heute Abend passt der berühmte Onkel Martin auf dich auf«, sagte sie lockend.

Martin konnte sich gar nicht wieder beruhigen. »Meinst du, ich werde jetzt berühmt?«, strahlte er und tätschelte Davids Wange.

»Ja, natürlich«, sagte Charlotte und meinte es ernst.

Martin lächelte stolz – und zeigte sich wenig erfreut, als gerade in diesem Augenblick die Türglocke anschlug. Ungeduldig ging er öffnen.

»Bitte?«, fragte er und sah den jungen Mann in der

dunklen Motorradkluft mit einer gewissen Missbilligung an.

»Hallo. Ich wollte eigentlich zu Lindholm«, sagte der Besucher, der offenbar ebenso überrascht war, dass ihm ein Mann gegenüberstand. Wie zur Kontrolle warf er einen Blick auf das Messingschild mit den beiden Namen »Felser und Lindholm«. »Ich bin verabredet mit ihr«, erklärte er.

Martin musterte ihn vom Scheitel bis zur Sohle. »Aha«, sagte er kühl. »Moment.« Er überlegte, ob er die Tür ganz schließen sollte, entschloss sich aber, sie angelehnt zu lassen. Vorsichtshalber warf er bei seinem Weg in die Küche noch einen Blick über die Schulter zurück, ob der unbekannte Besucher ihm nicht unerbetenerweise in die Wohnung gefolgt war.

»Ähm, da draußen steht so 'n Halbstarker, der behauptet, mit dir verabredet zu sein«, sagte er zu Charlotte, die David gerade zu einem Bäuerchen animieren wollte.

»Edgar?«, fragte sie erstaunt. Sie stand auf und drückte Martin, der im Türrahmen stehen geblieben war, das Kind in den Arm. »Hier, nimm mal.« Dann ging sie zur Tür.

»Das ist doch jetzt nicht dein Ernst, oder?«, rief er ihr protestierend hinterher.

Sie zögerte kurz, legte Martin das Spucktuch über die Schulter, das sie noch in der Hand hielt, und murmelte: »Ach, 'türlich nicht.« Dann öffnete sie die Tür.

Ein Strahlen überzog Edgars Gesicht, als er Charlotte sah. »Hey«, sagte er mit leuchtenden Augen.

»Hallo«, begrüßte sie ihn zurückhaltend.

»Wer war das denn?« Die Neugierde sprang Edgar förmlich aus dem Gesicht. Gleichzeitig hörte Charlotte auch eine Spur Besorgnis in seiner Stimme.

»Das ist nur Martin, mein Mitbewohner«, wiegelte sie

ab und wunderte sich gleichzeitig darüber. Und warum flüsterte sie eigentlich?

Edgar atmete erleichtert auf. Ein Stein schien ihm vom Herzen zu fallen. »Ach so.« Er hielt Charlotte eine offenbar selbst gebrannte CD hin. »Hier.«

Sie trat ins Treppenhaus hinaus und zog die Tür hinter sich fast zu, weil Martin ihr mit David auf dem Arm gefolgt war und ihr Gespräch mit einer Mischung aus Neugierde und Misstrauen belauschte.

»Was soll das?«, fragte sie und nahm die CD entgegen, um sie Edgar gleich darauf zurückzugeben

»Ich dachte, rote Rosen finden Sie vielleicht kitschig.« Edgar sah ihr tief in die Augen.

»Woher wissen Sie überhaupt, wo ich wohne?« Charlotte hörte selbst, wie eigenartig ihre Stimme klang. Die ganze Situation war absolut absurd – und Edgar machte sie nervöser, als ihr lieb war.

»Ich bin bei der Polizei.« Er lächelte sie schelmisch an.

Charlotte lächelte ebenfalls. »Was ist mit der DNA-Analyse?«, fragte sie dann betont sachlich, um der Begegnung eine Wende zu geben. »Solange wir nicht wissen, wer der Tote ist, bleibt alles andere nur hypothetisch.«

»Ja, Sie hatten recht. Es war wirklich Zacher. Albrecht Leimen ist der Vater von Moritz«, ließ Edgar sich ablenken.

»Das macht es wahrscheinlicher. Aber nicht sicher.« Charlotte konzentrierte sich jetzt wieder auf die Fakten des Falls.

»Ich hab mir seine Akte noch mal genauer angesehen. Zacher war Typ-I-Diabetiker und die DNA des Toten weist ebenfalls Diabetes mellitus auf.«

»Sie sind unglaublich.« Charlotte war beeindruckt und gerührt zugleich. Edgars Einsatz brachte den Fall große Schritte voran.

»Nur motiviert.« Edgar sah sie eindringlich an. »Sie

haben doch gesagt, wenn ich das Ergebnis hab, dann …«, er unterbrach seinen Satz, weil das Licht im Treppenhaus erlosch, »… gehen Sie mit mir aus«, erinnerte er Charlotte im Dunkeln an ihr Versprechen.

Charlotte wich nicht zurück, als Edgars Mund sich langsam dem ihren näherte. Erst kurz bevor ihre Lippen sich berührten, drehte sie den Kopf zur Seite.

»Das geht nicht«, sagte sie mit belegter Stimme, in der ein Hauch Zärtlichkeit mitschwang. Es fiel ihr nicht leicht, sich Edgar zu entziehen.

Er hielt einen Moment inne, dann näherten sich seine Lippen erneut Charlottes. Sie stieß ihn sanft mit dem Finger vor die Brust und schob ihn vorsichtig von sich. Dann drehte sie sich um, kehrte in die Wohnung zurück und schloss die Tür hinter sich.

***

Nicht nur das Ergebnis der DNA-Analyse, auch die Begegnung mit Edgar hatte Charlotte unruhig werden lassen. Sie hielt es nicht mehr in der Wohnung aus, zumal sie sich durch Martins vorwurfsvoll-fragenden Blick eingeengt fühlte. Er verlor kein Wort über Edgars Besuch, aber das bedrückte Charlotte noch mehr, als wenn er sie neugierig ausgefragt hätte.

Nachdem Martin ihr noch mal zugesichert hatte, sich um David zu kümmern, verließ sie die Wohnung, um viel zu früh zum Erntedankfest in den Kleingartenverein zu fahren.

Es war dunkel, kühl und regnerisch. Unter dem Scheibenwischer ihres Autos klemmte die Hülle mit der CD, die Edgar statt Rosen mitgebracht hatte.

Charlotte lächelte versonnen und sah sich um, aber der junge Mann war nirgends zu entdecken. Nachdenklich stieg sie ein, startete den Motor und fuhr durch die Nacht. Schnarrend huschte der Scheibenwischer über die Frontscheibe. Der leichte Nieselregen tauchte Hannover in ein changierendes Grau. Im nassen Asphalt reflektierten die grellen Lichter der Stadt, während aus dem Lautsprecher die Musik von Edgars CD schallte. Charlotte rieselte ein Schauer über den Rücken, als Joe Cockers einschmeichelndes »You Are So Beautiful« den Innenraum ihres Wagens erfüllte. Der Song vermittelte ihr ein Gefühl von Nähe und Sehnsucht. Sie war hin- und hergerissen, ob sie dem Drängen des jungen Mannes nachgeben oder der Vernunft gehorchend standhaft bleiben sollte.

Als sie an einer Kreuzung anhalten musste und durch das zuckende Blaulicht und das gellende Martinshorn eines Feuerwehrzuges von ihren widerstreitenden Gefühlen abgelenkt wurde, war sie fast dankbar.

Schließlich hatte sie den Kleingartenverein erreicht. Die Anlage lag ruhig und friedlich im Dunkel der Nacht. Offenbar hatten sich alle Bewohner im Vereinsheim versammelt. Charlotte öffnete Martins Laube, trat in die Finsternis und schloss die Tür hinter sich. Sie hatte noch kein Licht gemacht, als ihr durch die regennasse Scheibe der Strahl einer Taschenlampe auffiel, der im gegenüberliegenden Haus aufflammte und suchend umhertastete. Es war merkwürdig, was sich alles in und um das Zacher'sche Anwesen abspielte.

Leise verließ Charlotte die Laube und huschte durch den Garten auf das gegenüberliegende Grundstück. Sie schlich an der Hauswand entlang und bemerkte, dass die Tür nur angelehnt war. Vorsichtig öffnete sie sie, doch der nächtliche Besucher musste sie gehört haben. Blitzschnell drehte er sich um und leuchtete ihr ins Gesicht. Der Schreck durchfuhr sie, als sie in die grauenvolle Teufelsfratze sah, hinter der sich der Fremde verbarg.

Der Eindringling nutzte ihr Erschrecken und versuchte katzengleich durch die offene Terrassentür zu entkommen.

»Halt! Halt, stehen bleiben!«, rief Charlotte ihm hinterher und versuchte, ihm zu folgen.

Der Mann lief in das Dunkel, fiel aber nach wenigen Schritten über den Erdhaufen neben dem ausgehobenen Grab, aus dem Zachers Überreste geborgen worden waren. Charlotte stürzte sich auf ihn, fixierte ihn mit dem linken Unterarm im Genick und presste ihn auf die Erde. Mit der rechten Hand zerrte sie ihm die Maske vom Gesicht, dann krallte sie ihre Hand in seine Haare und bog seinen Kopf nach hinten. Erstaunt hielt sie inne.

»Was machst du denn hier?«, fragte sie, immer noch atemlos.

Moritz Zacher sah sie erschrocken aus großen Augen an. »Bitte sagen Sie meiner Mutter nichts davon«, flehte er und versuchte sich aufzurichten, nachdem Charlotte ihren Griff gelockert hatte.

»Woher wusstest du, dass das eure Laube ist?«, fragte Charlotte keuchend, und kleine Wolken kondensierter Atemluft kringelten sich vor ihrem Mund. Sie stand auf und schob ein »He?« hinterher.

»Die Fahne mit dem Blatt. Daran konnte ich mich erinnern.« Moritz rappelte sich auf, wurde von Charlotte aber sofort wieder in den Erdhaufen zurückgedrängt, nachdem sie bemerkt hatte, dass er etwas unter seinem Mantel verborgen hielt. Sie nahm es ihm ab, ohne dass er Gegenwehr zeigte. Es war das Bild, auf dem er als Baby mit seinen Eltern, Albrecht Leimen und den Reimanns im Stanley Park in Kanada zu sehen war.

Charlotte umfasste das Revers seines langen schwarzen Mantels und zog ihn hoch.

»An was kannst du dich sonst noch erinnern?«, fragte sie.

Moritz klopfte sich den Schmutz von seiner Kleidung. »An kaum was. Ich weiß ja nicht mal mehr so richtig, wie mein Vater ausgesehen hat. Es gibt ja auch keine Fotos von ihm«, sagte er, und seine Stimme klang fast verlegen.

Charlotte warf noch einen Blick auf das Bild, dann gab sie es Moritz zurück. »Und an dem Abend … bevor er weg ist?«

Moriz hielt das Bild in den Händen und starrte darauf. »Nee«, antwortete er.

Sie deutete auf die Fotografie. »Die Leute darauf, die Freunde von deinen Eltern. Kannst du dich an die noch erinnern?«

Moritz sah lange auf das Bild, schien angestrengt zu überlegen. »Ich weiß nicht«, sagte er nach einer Weile zögerlich.

»Vielleicht erinnerst du dich an sie, wenn du sie wiedersiehst«, sagte Charlotte.

***

Das Erntedankfest war in vollem Gange. Der Raum war festlich geschmückt; vor dem Tresen war ein Buffet aufgebaut, das die Vereinsmitglieder mit selbst gemachten Speisen bestückt hatten. Auf der Bühne führten die Kinder das eingeübte Singspiel auf – die Kinder und Charlotte; sie hatte sich breitschlagen lassen, die eine tragende Rolle darin zu übernehmen. Das Publikum an den voll besetzten Tischen folgte der dilettantischen Darbietung wohlwollend.

Charlotte hatte Moritz tatsächlich überreden können, mit ihr ins Vereinsheim zu kommen. Jetzt stand er reglos und ganz in Schwarz gekleidet inmitten des bunten Treibens und wirkte verloren. Und sie selbst war dazu verdammt, als Kürbis verkleidet von einer Horde Kinder umtanzt zu werden. Jürgen Klose-Sanders begleitete den dünnen Gesang an der Hammondorgel. Er griff automatisch in die Tasten, sang das Lied tonlos mit, nickte mit dem Kopf und ging dabei im Takt in die Knie. Charlotte fand, dass es lächerlich aussah.

Obwohl sie sich unablässig im Kreis drehen musste, entging ihr nicht, dass sich die Aufmerksamkeit aller auf sie konzentrierte. Ebenso wenig entging ihr das Misstrauen, das ihr offen entgegengebracht wurde.

Aus den Augenwinkeln sah sie, wie Andrea Klose-Sanders unsicher ein Tablett zwischen den Tischen hindurchbalancierte. Es war ihr anzumerken, dass sie sich an einen anderen Ort wünschte. Klaus Reimann, wie immer mit Hut und Zigarette, durchquerte den Raum, steuerte auf Schröder zu und wisperte ihm etwas ins Ohr. Er warf Charlotte einen misstrauischen Blick zu, dann verließen die beiden Männer den Raum.

Jetzt trat Helga Reimann an den unschlüssig dastehenden Moritz Zacher heran, legte eine Hand auf seine Schulter und flüsterte ihm etwas zu. Mit einem mütterlichen Lächeln führte sie ihn an einen Tisch in der vordersten Reihe und nötigte ihn, Platz zu nehmen. Dann ging sie zu Andrea, die sich mittlerweile ebenfalls gesetzt hatte, sagte etwas und tätschelte der übernervösen Lehrerin den Unterarm.

Mit einem Seitenblick bekam Charlotte mit, dass Margret Schröder im Hintergrund mit Argusaugen über die Bewegungen im Raum wachte. »Gartengestapo« hatte Andrea das Ehepaar Schröder genannt, erinnerte sich Charlotte.

Endlich waren die zahleichen Strophen des Liedes zu Ende gesungen. Mit höflichem Applaus dankten die Anwesenden für die Darbietung. Auch Andrea klatschte, allerdings mit versteinerter Miene und fast ängstlich zu

Helga Reimann aufsehend, die noch immer neben ihr stand.

Charlotte war froh, das Kürbiskostüm loszuwerden. Es war nicht nur albern, sondern machte auch ihre Bewegungen unbeholfen und schwerfällig. Um dem Kürbis ein rundes Äußeres zu verleihen, war Charlotte um die Hüfte mit zahlreichen Polstern ausstaffiert worden.

Der kleine Lagerraum, der auch als Büro diente, war zur provisorischen Umkleidekabine hergerichtet worden. Während Charlotte versuchte, sich aus der Verkleidung zu zwängen, lärmten ihre kleinen Mitstreiter aus der Aufführung lautstark. Sie schienen sich um etwas zu streiten. Durchdringend verkündeten zahlreiche Kinderstimmen: »Nein! Nein!«

Charlotte war dankbar, als Andrea Klose-Sander erschien. Mit einer Resolutheit, die Charlotte ihr nicht zugetraut hatte, mischte sie sich unter die Kinder und schob die Schar sanft, aber bestimmt aus dem Raum. »So, und das kleine Gemüse geht jetzt mal wieder rein, ja!« Als sich einer der Rangen dagegenstemmte, forderte sie ihn unmissverständlich auf: »Du auch, Philipp.«

Als die Bande draußen war, schloss sie die Tür, wie um sicherzustellen, dass niemand sie im Büro überraschen könnte.

Charlotte drehte ihr den Rücken zu. »Könnten Sie mir mal helfen?«, bat sie.

Während Andrea den Reißverschluss des Kostüms öffnete, sagte sie: »Ich würd gern mit Ihnen reden.«

»Gut«, erwiderte Charlotte, fasste mit beiden Händen an den Kragen des Kürbiskostüms und zog es über den Kopf.

Erleichtert atmete sie auf.

»Der Junge … ihn hier zu sehen, ist …«, stammelte Andrea und brach hilflos mitten im Satz ab.

Charlotte öffnete den Reißverschluss des orangefarbenen Overalls, den sie unter dem Kostüm getragen hatte. »Was bedrückt Sie denn so?«

Andrea sah Charlotte mit weit aufgerissenen Augen an. »Es kommt alles wieder! Alles. Vor allem die Angst.«

Charlotte hielt für einen Moment mit dem Ausziehen des Overalls inne. »Erzählen Sie. Wie hat diese Angst angefangen?«, sagte sie mit leiser Stimme und versuchte Andrea in die Augen zu sehen, aber die vermied es nun, ihren Blick zu erwidern.

»Es ist lange her«, sagte sie schließlich, und Charlotte spürte, wie schwer ihr das Sprechen fiel. »An einem Abend im August 96. Wir waren bei Helmut und Regina.« Andrea stockte und knetete nervös die Hände.

»Was ist passiert an dem Abend?«, fragte Charlotte behutsam.

»Es ist alles durcheinander. Wo fang ich an?« Andrea sah zur Seite, als würde sie irgendwo im Raum Unterstützung finden, einen Hinweis, den Anfang eines roten Fadens. Dann starrte sie auf einen Fleck auf dem Fußboden neben Charlotte.

»Konzentrieren Sie sich auf irgendwas Bestimmtes«, versuchte Charlotte ihr zu helfen. »Ein Detail.«

»Regina ist immer wieder rein und …« Andrea stockte erneut. Noch immer vermied sie es, Charlotte anzusehen. »… es lief immer wieder dasselbe Lied. ›Für mich soll's rote Rosen regnen‹«, fuhr sie schließlich fort.

»Und dann?«, fragte Charlotte sanft.

Als hätte sie sich überwunden, hob Andrea den Kopf und blickte Charlotte aus großen Augen an. »Plötzlich steht der Kleine da.«

In ihren Satz hinein ertönte die elektronische Melodie von Charlottes Handy.

»Er ist aufgewacht. Von dem Krach«, sagte Andrea im

Flüsterton, als würde sie Charlotte ein lang gehütetes Geheimnis anvertrauen.

Charlotte hatte das Mobiltelefon aus der Jeanstasche hervorgeholt und einen Blick auf das Display geworfen. Es war Martin, der auf David aufpasste. Sie musste drangehen. Warum ausgerechnet jetzt?, dachte sie ärgerlich.

»Verzeihung«, murmelte sie und drehte sich ein wenig zur Seite. »Martin, was ist denn?«

Andrea schob nervös ihre Brille hoch und wandte sich ab. Charlotte sah ihr an, dass die Unterbrechung sie völlig aus dem Konzept gebracht hatte. Ihre Bereitschaft, über die Vergangenheit zu sprechen, war geschmolzen.

»Du musst sofort nach Hause kommen«, drang Martins verzweifelte Stimme aus dem Telefon.

»Wieso? Was ist denn passiert?«

Im Hintergrund konnte sie David weinen hören. Martins Stimme hatte ebenfalls einen weinerlichen Ton angenommen. »David weint und weint. – Ich weiß nicht mehr, was ich tun soll!« Jetzt war eine Spur Zorn zu vernehmen.

»Okay, ich bin gleich da«, sagte Charlotte entschlossen, nahm ihre Jacke und legte auf. Dann drehte sie sich wieder zu Andrea um. »Es tut mir wahnsinnig leid, aber ich muss nach Hause zu meinem Sohn.« Sie nickte ihr beruhigend zu. »Ich komme morgen als Allererstes zu Ihnen, und wir reden in Ruhe. Einverstanden?« Mehr konnte sie im Moment nicht tun.

»Ja, natürlich. – Kein Problem«, sagte Andrea und lächelte verkrampft, obwohl Charlotte ihr ansah, dass sie unglücklich über diese Entwicklung war – genauso unglücklich wie Charlotte selbst. Aber es half nichts; Davids Weinen hatte ihr zugesetzt.

»Gut.« Sie wandte sich zum Ausgang und warf einen letzten Blick auf Andrea, die mit hängenden Schultern mitten im Raum stand und erneut ihre Brille höher schob.

Hinterm Tresen begegnete Charlotte Jürgen Klose-Sanders. »Haben Sie meine Frau gesehen?«, fragte er.

»Sie ist hinten, im Büro«, sagte Charlotte kühl und steuerte auf Helga Reimann zu, die einem der am Singspiel beteiligten Kinder ein Glas mit Saft reichte.

»Wo ist Moritz?«, fragte Charlotte, nachdem sie den Jungen nirgends entdecken konnte.

»Der ist gegangen«, erwiderte Helga.

»Was? Wann denn?« Charlotte war ebenso überrascht wie enttäuscht.

»Vor fünf Minuten. – In dem Alter hat man eben doch andere Interessen«, rief Helga Reimann.

Charlotte fuhr voller Sorge nach Hause. Sie machte sich Vorwürfe, dass sie Martin und David so lange allein gelassen hatte.

Zu Hause warf sie hektisch ihren Mantel über die Garderobe und stürmte ins Wohnzimmer. Martin stand am Wickeltisch und war mit Gummihandschuhen und erkennbar spitzen Fingern dabei, Davids Windel zu wechseln; das Schreien des Kindes war einem ungnädigen Krähen gewichen. Deswegen hatte Martin sie nach Hause beordert? Wegen einer vollen Windel?

»Na, schau mal. Mami ist auch schon da«, sagte er mit einer Mischung aus Erleichterung und beleidigtem Vorwurf und ließ sofort von David ab.

»Ja, hallo, mein Liebling«, sagte Charlotte mit schmeichelnder Stimme und übernahm die Versorgung ihres Sohnes, während Martin sich an den Türrahmen lehnte.

»Und?«, fragte er mit spitzem Ton. »Hast du dich gut amüsiert?«

Sie warf ihm einen schnellen Blick zu, bevor sie sich weiter um David kümmerte. Daher wehte also der Wind. »Ich habe gearbeitet«, erklärte sie ruhig.

Martin zog die Finger der Gummihandschuhe lang, ließ sie mit einem schnalzenden Klatschen wieder zurückschnellen, um sich die Handschuhe dann auszuziehen. »Arbeiten. So nennt man das.« Ihm war die Verärgerung deutlich anzumerken.

»Hör auf, mir ein schlechtes Gewissen zu machen.« Charlotte wurde ebenfalls langsam sauer. Wütend riss sie ein weiteres Feuchttuch aus der Packung. »Ich hab dich gefragt, und du hast gesagt, du bleibst bei David. Wo also ist das Problem?«

Doch Martin ließ nicht locker. Zusätzlich zur Verstimmung konnte Charlotte jetzt auch eine deutliche Spur Eifersucht aus seinen Worten heraushören. »Und? Wer war der Typ an der Tür?«, fragte er bissig und sah zum Eingang, als könnte er den Besuch dort noch einmal erblicken.

Charlotte sah es überhaupt nicht ein, Martin aufzuklären, und schon gar nicht würde sie ihm von Edgars Annäherungsversuchen erzählen. Diese Eifersuchtsanfälle gingen ihr entschieden auf die Nerven. Die Sache zwischen Martin und ihr war seit Langem geklärt.

»Ein Kollege«, erklärte sie kurz angebunden.

»Ein Kollege«, wiederholte Martin und lachte voller Zynismus auf. »Dann sind die ›Teletubbies‹ das ›Literarische Quartett‹, was?«

Charlotte reichte es jetzt. Sie warf Martin einen bösen Blick zu, nahm David auf den Arm und verließ wortlos den Raum. Die Missstimmung zwischen ihr und Martin war fast mit Händen greifbar.

# ELF

Die Nacht war kurz gewesen; Charlotte hatte schlecht geschlafen. Immer wieder waren ihre Gedanken um die Ereignisse im Kleingartenverein gekreist, um das merkwürdige Gebaren der Leute in der Kolonie, um den eigentümlichen Moritz Zacher und um den Streit mit Martin. Vor allem aber um Andrea Klose-Sanders. Was hatte ihr die Lehrerin gestern Abend sagen wollen?

Sie hatte müde in der Küche gestanden, als sie der Anruf ihrer Dienststelle erreichte. Gott sei Dank war Martin nicht nachtragend und hatte sich sofort bereit erklärt, auf David aufzupassen, während sie in die Laubenkolonie geeilt war.

Schon von Weitem sah sie die Menschenansammlung, die sich um das rot-weiße Flatterband drängte, das den Gartenweg absperrte. In vorderster Linie standen die Ehepaare Reimann und Schröder.

Charlotte zwängte sich zwischen den Neugierigen hindurch. Erst jetzt konnte sie einen Blick in den Kleingarten des Lehrerehepaars Klose-Sanders werfen. Was sie sah, nahm ihr fast den Atem.

Andrea Klose-Sanders lag in grotesker Haltung auf der diabolisch aussehenden Phantasieplastik, dem Rieseninsekt. Kopf und Arme hingen schlaff herab, während ihr Körper von einer scharfkantigen Eisenstange regelrecht aufgespießt war.

Charlotte schluckte. Was war hier geschehen? Und was hatte ihr Andrea gestern Abend anvertrauen wollen? Gab es einen Zusammenhang mit ihrem schrecklichen Tod?

Ihr Blick fiel auf Andreas Ehemann, der offenbar gerade von Frau Schmidt-Rohrbach befragt wurde. Ein Beamter der Spurensicherung in seinem Ganzkörper-Schutzanzug war suchend im Garten beschäftigt. Sein Utensilienkoffer stand geöffnet auf dem Rasen. An einem Baum nahe der übergroßen Skulptur, an der Andrea noch vor Kurzem gearbeitet hatte, lehnte eine Leiter.

»Wie ist das passiert?«, fragte Charlotte heiser.

»Sie hat wohl das Gleichgewicht verloren«, antwortete Klaus Reimann. Seine Frau Helga hielt ihre Tränen nicht zurück. Sie lehnte ihren Kopf gegen die Schulter ihres Mannes und tupfte sich mit einem Taschentuch über die Augen, während die Schröders den Aktivitäten der Polizei scheinbar ungerührt folgten.

Charlotte schob Klaus Reimann und Margret Schröder zur Seite.

»Sie dürfen da nicht rein. Das ist abgesperrt«, protestierte Margret und wollte Charlotte den Zugang versperren. Auch ihr Mann ließ ein wütendes »Ehh!« hören.

Charlotte zückte ihren Dienstausweis und hielt ihn dem Beamten hin, der vor der Absperrung postiert war. Der nickte, hob das Flatterband an und gewährte ihr Zutritt zum Garten des Lehrerehepaars.

Charlotte konnte förmlich spüren, wie hinter ihr ein empörtes Erstaunen durch die Reihen der Kleingärtner ging.

***

Die Beamten der Spurensicherung setzten ihre Arbeit am Fundort der Leiche fort. Sie würden akribisch das Umfeld absuchen; Charlotte hätte dort nicht helfen können. Deshalb hatte sie Andreas Mann mit ins Landeskriminalamt genommen.

Jürgen Klose-Sanders war nur noch ein Schatten seiner

selbst. Mit hängenden Schultern und aschfahlem Gesicht saß er an dem schlichten weißen Tisch des Verhörraums, vor sich das Mikrofon und das Sprachaufzeichnungsgerät. Charlotte hatte dennoch kein Mitleid mit ihm. Sie war sich sicher, dass er etwas mit dem Tod seiner Frau zu tun hatte. Was genau, würde sie herausfinden. Es war Zeit, dass die Maske der ach so rechtschaffenen Laubenbesitzer fiel.

»Es hat ihr geholfen, morgens vor dem Unterricht an ihren Skulpturen zu arbeiten«, erklärte Klose-Sanders stockend.

Charlotte hatte die Hände vor der Brust verschränkt und musterte ihn kühl. »Und das haben Sie ausgenutzt, um sie von der Leiter zu stoßen«, sagte sie.

Klose-Sanders sah sie entgeistert an und schüttelte den Kopf. Er wollte etwas entgegnen, schaffte es jedoch nicht.

Charlotte wanderte durch den Raum, umrundete Klose-Sanders und blieb schließlich hinter ihm stehen. »Ihre Frau hat jahrelang die Pacht für das Zacher'sche Grundstück bezahlt. Sie wusste, dass die Leiche dort begraben war«, sagte sie mit schneidender Stimme und ließ ihren Vorwurf einen Moment wirken, bevor sie fortfuhr: »Weil *Sie* Zacher umgebracht haben.«

Der Lehrer schüttelte verzweifelt den Kopf. »Nein«, hauchte er. Er hatte Tränen in den Augen. Sein angstvoller Blick folgte Charlotte, die ihre Wanderung wiederaufgenommen hatte.

»Sie hat das einfach nicht mehr ausgehalten. Und Sie haben sie zum Schweigen gebracht.« Charlottes Anschuldigungen prasselten auf ihn ein.

Er schluckte heftig. Dann holte er tief Luft, musste aber noch einmal ausatmen, bevor er erwiderte: »Ich habe niemanden getötet.«

Charlotte war stehen geblieben, stützte sich auf der Tischplatte ab und beugte sich zu ihm vor. »Wovor hatte Ihre

Frau solche Angst?«, fragte sie eindringlich. Vor ihrem inneren Auge sah sie Andrea, wie sie nervös ihre Brille nach oben schob, sich ständig umsah, ob sie beobachtet würde, und wie schwer es ihr am Vortag gefallen war, von den damaligen Ereignissen im Kleingartenverein zu berichten.

Jürgen Klose-Sanders knetete nervös seine Finger, dann klopfte er plötzlich mit Nachdruck auf die Tischplatte. »Sie war ganz aufgewühlt gestern Abend, nachdem sie mit Ihnen gesprochen hatte!«, hielt er Charlotte vor.

»Beantworten Sie meine Frage!« Charlotte ging nicht auf seinen Vorwurf ein.

»Haben Sie ihr auch solche Fragen gestellt?« Klose-Sanders schien sich gefangen zu haben. »Vielleicht hat sie sich ja selber umgebracht!«, schleuderte er Charlotte entgegen.

***

Edgar saß an der Fensterbank, notierte etwas auf ein Formblatt, das in einem Klemmbrett steckte, und hielt in der linken Hand ein Diktiergerät, aus dem metallen seine Stimme klang.

*»Scharfkantige Metallstange durchdringt linken Lungenflügel. Risse an linker Herzkammer.«*

»Ich bin schuld«, sagte Charlotte mit belegter Stimme. Sie war unbemerkt hinter ihn getreten; im Verhörraum hatte sie es nicht mehr ausgehalten, zu schwer wog der Vorwurf von Klose-Sanders.

*»Splitterung …«*, drang es noch aus dem Gerät, bis Edgar die Stopptaste betätigte, aufstand und auf Charlotte zuging.

»Was genau meinst du?«, fragte er.

Charlotte hatte die Arme vor der Brust verschränkt. Ihr war kalt. »Sie wollte gestern Abend noch mal mit mir sprechen. Und ich musste nach Hause«, sagte sie mit leiser Stimme und senkte den Kopf. »Wenn ich dageblieben wäre, würde sie vielleicht noch leben.« Im Hintergrund waren zwei Sektionsgehilfen geräuschvoll damit beschäftigt, die Untersuchungsliegen zu reinigen. Sie nahm sie kaum wahr.

Edgar machte noch einen Schritt auf Charlotte zu. »Komm«, sagte er und umarmte sie.

Sie versteifte sich zunächst, dann ließ sie es geschehen, erwiderte die Geste und schlang ihrerseits ihre Arme um seinen Körper. Es tat gut. Sie legte ihren Kopf gegen seinen und verharrte einen Moment, bevor sie sich sanft löste, Edgar aber immer noch an den Hüften festhielt.

»Könnte sie es vielleicht selber getan haben?« Ihre Stimme klang immer noch unsicher.

Edgar streichelte ihr sanft die Oberarme. »Nein, so wie es aussieht, ist sie gestürzt worden. Wir haben eine Wunde und Metallsplitter in ihrer linken Hand gefunden. Sie hat versucht, sich an der Leiter festzuhalten«, sagte er mit ruhiger Stimme.

»Jemand wollte verhindern, dass sie sich mir anvertraut.« Charlotte schlang wieder die Arme um ihren Oberkörper. Sie machte sich schreckliche Vorwürfe.

»Ja, aber wer?« Edgar sah sie fragend an. »Und warum? – Irgendwie stecken die da alle mit drin. Es gibt überhaupt keinen Unschuldigen«, versuchte er eine Erklärung, als Charlotte nicht antwortete.

Charlotte schien durch ihn hindurchzusehen, bevor sie kaum hörbar murmelte: »Doch.«

***

Immer wieder musste Charlotte daran denken, dass sich Andrea ihr anvertrauen, ihr von den geheimnisvollen Ereignissen berichten wollte, die sich damals zugetragen hatten und in denen der Schlüssel zu dem Mord an Helmut Zacher zu finden war, davon war Charlotte überzeugt. Andrea hatte etwas gewusst. Ob daraus ihre Ängste resultierten, unter denen sie gelitten hatte?

Aber auch Edgars Worte gingen ihr nicht aus dem Kopf: »Es gibt überhaupt keinen Unschuldigen.« – »Doch«, hatte sie erwidert. Denn es gab einen Unschuldigen. Moritz.

Charlotte entschloss sich zu einem Experiment, um hinter das Geheimnis zu kommen, das die Leute im Kleingartenverein vor ihr verbargen. Sie hatte sich an das Buch »Gehirn und Gedächtnis« erinnert, das sie vor Kurzem gelesen hatte. Sie hoffte, durch die Rekonstruktion des Abends, bevor Zacher verschwand, Erinnerungen in Moritz zu wecken.

Charlotte hatte den Kamingrill hinter der Zacher'schen Laube in Betrieb genommen und legte Fleischstücke auf den Rost.

»Ich mag das nicht«, sagte Moritz mit deutlicher Abscheu.

»Du musst das nicht essen. – Der Geruch soll dir nur helfen, dich zu erinnern«, sagte Charlotte und stellte die Schale mit dem rohen Fleisch und die Grillzange auf dem Gartentisch ab.

»Ja«, murmelte Moritz.

Charlotte ging zu ihm. »Du hattest geschlafen. Weißt du noch, wo?«

Moritz nickte und führte sie ins Haus. Er kletterte die steile Stiege zum Spitzboden empor. Dort war es so eng, dass nur für ihn Platz war. Gebückt stand er unter dem First.

»Hier.« Er zeigte auf ein Bett, das immer noch mit Kinderbettwäsche bezogen war.

Charlotte blieb am Ende der Stiege stehen und sah sich

um. Alles schien unverändert zu sein. Auf einem Regal stand noch Kinderspielzeug: ein blauer Elefant, eine Feuerwehr und ein großer Sandlaster.

»Das klingt jetzt vielleicht albern, aber es wäre gut, wenn du dich hinlegst«, sagte sie zu Moritz. »Es muss alles so sein wie an dem Abend.«

Moritz nickte geistesabwesend und legte sich, ohne den langen schwarzen Ledermantel abzulegen, auf das Kinderbett.

Charlotte sah sich noch einmal um. Hier schien wirklich die Zeit stehen geblieben zu sein. Neben dem alten Plattenspieler lag noch die Single mit Hildegard Knefs Porträt auf dem Cover. Charlotte ließ die Schallplatte aus der Hülle gleiten, legte sie auf den Plattenteller, nahm den Tonarm hoch und führte ihn ein Stück nach außen. Sie war überrascht, dass das Gerät sofort ansprang. Behutsam senkte sie den Arm auf die Rille.

Die Schallplatte auf dem Plattenteller eierte. Deutlich war zu erkennen, dass sich der Tonarm wie auf einer Achterbahn auf und ab bewegte. Ein Knacken war zu hören, dann ertönten die ersten Takte des Orchesters. Die Streicher klangen schrill, bevor die sonore und unverwechselbare Stimme der Knef einsetzte.

Moritz hatte sich die sternengemusterte Bettdecke bis ans Kinn hochgezogen. Es sah aus, als würde er sich an den großen Teddybären kuscheln, der mit ihm im Bett lag.

»Deine Mutter bringt dich ins Bett. – Sie deckt dich zu. – Sie geht wieder runter zu den Gästen. Auf die Terrasse. – Du bist hier oben allein. – Du schläfst.« Charlottes Worte klangen wie Beschwörungsformeln.

Für eine Weile war nur die Musik zu hören.

»Ich wache auf. – Es ist dunkel«, sagte Moritz nach ein paar Minuten, in denen er die Augen geschlossen und sich konzentriert hatte.

»Wovon wachst du auf?«, versuchte Charlotte ihm zu helfen.

Moritz richtete sich im Bett auf, als würde er den damaligen Abend noch einmal erleben. »Da sind Stimmen auf der Terrasse. – Die Stimmen sind laut.«

»Was sagen diese Stimmen?«, fragte Charlotte leise, eindringlich, als würde sie ihre Worte an das Unterbewusstsein des Jungen richten.

»Ich weiß nicht. Es ist laut. Ich hab Angst. – Ich gehe zur Treppe, um sie zu verstehen.«

Behutsam zog Charlotte die Bettdecke fort. »Mach es noch mal«, forderte sie Moritz sanft auf. Vor ihrem geistigen Auge schien sich die Gestalt im schwarzen Ledermantel in einen kleinen Jungen im Pyjama zu verwandeln. Er hielt den Teddy fest an sich gepresst. Es wirkte unheimlich – die im Kopf entstehenden Bilder, dazu die tiefe Stimme des jungen Mannes.

Moritz blieb am Kopf der Treppe stehen, beugte sich herab und horchte.

»Meine Mutter. Sie schreit«, sagte er stockend.

»Was?«, hakte Charlotte nach.

Moritz stieg langsam die Treppe herab und schlich durch das Erdgeschoss in Richtung der offenen Terrassentür.

»Ich weiß nicht. Ich gehe zu ihr. Die Erwachsenen sehen mich erst gar nicht«, erinnerte sich Moritz. Vor seinem geistigen Auge tauchte die bunte Party-Lichterkette auf, der Gartentisch mit Getränken, Geschirr und Grillzubehör. Auf der Terrasse vor dem Grill standen die Erwachsenen im Kreis. Der Spaten lehnte an der Hauswand.

Und sein Vater lag auf dem Boden.

Moritz sah Helmut Zachers kräftige Gestalt, wie er sich aufzurappeln versuchte und sich mit der Hand an die Stirn fasste, anschließend mit Erstaunen seine blutigen

Finger betrachtete, während er sich auf dem anderen Ellenbogen abstützte.

»Mein Vater liegt am Boden«, rief er zu Charlotte.

»Warum liegt er da?«, fragte Charlotte.

»Da ist Blut. Er blutet am Kopf.« Moritz starrte auf die jetzt leere Terrasse, als würden sich dort die Ereignisse des verhängnisvollen Abends wiederholen. Er sah, wie seine Mutter den an die Laubenwand gelehnten Spaten griff, über den Kopf hob und Anstalten machte, auf seinen Vater einzuschlagen.

»Nein, bitte nicht!«, schrie er. Es waren die Worte, die auch der kleine Moritz damals gerufen hatte. Er sah, wie sich das Lehrerehepaar, die Schröders und Albrecht Leimen zu ihm umdrehten. Seine Mutter hielt, den Spaten hocherhoben, inne. Den Erwachsenen stockte der Atem, als sie das Kind mit dem Teddy unterm Arm wahrnahmen.

»Was passiert jetzt?« Charlotte spürte, wie sich vor dem geistigen Auge des Jungen die Erinnerungen abspulten, wie er sich plötzlich an Details erinnern konnte.

Moritz schüttelte sich, als würde er einen bösen Traum loswerden wollen. Er wandte sich ab.

»Moritz, was siehst du?«, drängte ihn Charlotte, weiterzuerzählen. »Moritz!« Der Junge wollte den Bildern entfliehen, aber Charlotte hielt ihn an den Schultern fest. »Hey, hey, hey«, beschwichtigte sie. »Alles ist gut.«

Doch Moritz schlug ihre Arme weg. »Lassen Sie mich!«, schrie er sie an.

»Was hast du gesehen?«, blieb Charlotte hartnäckig.

»Meinen Vater«, stieß er schließlich noch einmal hervor. »Er hat geblutet.«

»Wie ist das passiert?«

Moritz stand mit gesenktem Kopf da. Charlotte sah, wie er mit sich rang und versuchte, seine Atmung wieder unter Kontrolle zu bekommen. Was hatte er gesehen?

»Weiß ich nicht«, sagte er nach einer Weile und drehte sich abrupt um. »Ich muss jetzt nach Hause.« Dann ging er ohne ein weiteres Wort Richtung Gartenpforte.

Charlotte lief ihm hinterher und versuchte ihn am Mantel aufzuhalten. »Moritz, warte. Warte, ich bring dich!«

Er riss sich los. »Nein!«, sagte er energisch und verließ mit wehendem Mantel den Garten seiner Eltern.

***

Das Experiment, Moritz durch das Aufleben der Erinnerungen, gestützt auf die Begegnung mit den Orten des Geschehens, zu einer Aussage zu bewegen, war unvollkommen geblieben, hatte Charlotte aber wichtige Erkenntnisse vermittelt. Sie war sich sicher, dass Helmut Zacher in jener Nacht ermordet worden war, die Moritz sich ins Gedächtnis gerufen hatte. Bitomsky aber blieb skeptisch.

Er stand vor seinem offenen Aktenschrank, in dem die Kaffeemaschine leise vor sich hinröchelte, und schenkte Charlotte Kaffee ein.

Charlotte hatte sich gegen die Schrankwand gelehnt und versuchte weiter, ihn zu überzeugen. »Aus Sicht der heutigen Gehirnforschung sind Gedächtnis und Erinnerung schöpferisch«, fasste sie das zusammen, was sie dem jüngst in der Bibliothek entdeckten Werk entnommen hatte.

»Wir können doch nicht Hirngespinste als Zeugenaussagen nehmen.« Bitomsky reichte Charlotte den Becher, griff sich seinen eigenen, kehrte an den Schreibtisch zurück und nahm dahinter Platz.

»Das episodisch-biografische Gedächtnis funktioniert aber so. Man erinnert etwas, indem man es sich vorstellt.« Charlotte unterstrich ihre Worte durch eine lebhafte Geste, bei der fast etwas Kaffee aus dem Becher gekippt wäre.

Bitomsky nahm einen Schluck aus seinem Becher. »Man erinnert etwas, indem man sich erinnert«, sagte er dann. Es klang wie eine Belehrung.

Charlotte hatte die Tasse an die Lippen gesetzt, senkte sie aber wieder, ohne getrunken zu haben. Sie erinnerte sich daran, wie entsetzlich der milchlose Kaffee beim letzten Mal geschmeckt hatte. »Moritz hat die Wunde am Kopf gesehen. Das konnte er nicht wissen«, sagte sie und folgte Bitomsky, der wieder aufgestanden war, nachdem er bemerkt hatte, dass Charlotte ihren Kaffee nicht trank. Er nahm aus dem Aktenschrank ein Glas mit Kaffeeweißer und füllte diesen ungefragt in ihren Becher.

»Also, wenn ich mir einen Mord vorstelle, dann blutet's auch am Kopf. Und nicht am Fuß«, erklärte er.

Charlottes Blick schweifte in die Ferne. »Da war etwas, was den Jungen verstört hat. Er hat etwas gesehen, was er mir nicht sagen konnte.« Sie runzelte die Stirn und sah misstrauisch in ihren Becher. Ob dieser magere Milchersatz den Kaffee besser machte?

Bitomsky hatte wieder hinter dem Schreibtisch Platz genommen. »So kommen wir nicht weiter.« Er lehnte sich zurück. »Sie verdächtigen die halbe Laubenkolonie, haben aber noch nicht mal ein Tatmotiv.«

Charlotte straffte die Schultern. Es wirkte trotzig. »Vielleicht ging's um Geld? Regina Zacher hat gesagt, ihr Mann habe das gemeinsame Konto geräumt, bevor er verschwunden ist. Wo ist das Geld geblieben?« Sie holte sich einen Löffel aus dem Schrank und rührte damit in ihrem Becher. »Ich müsste die Konten der Verdächtigen einsehen dürfen, dann …«

»Wie soll ich das durchsetzen?«, unterbrach Bitomsky sie.

Charlotte holte tief Luft. Resigniert stellte sie ihren Becher auf dem Schreibtisch ab und drehte sich um. Bitomsky wollte sie nicht verstehen, ihren hoffnungsvollen Gedanken nicht unterstützen.

»Bei Albrecht Leimen und Klose-Sanders vielleicht«, lenkte Bitomsky vorsichtig ein und sah zu, wie sie die Fotografie eines Bergpanoramas an der Wand gerade rücken wollte. »Aber gegen alle anderen haben wir nichts in der Hand. Überhaupt nichts«, fasste er nüchtern die derzeitige Ermittlungssituation zusammen.

***

Charlotte war frustriert. Sie ärgerte sich über Bitomsky, weil er nicht einmal den Versuch unternommen hatte, auf ihre Argumente einzugehen. Und sie ärgerte sich über sich selbst, weil es ihr nicht gelungen war, ihn von ihrer Theorie zu überzeugen. Sie war sich sicher, auf dem richtigen Weg zu sein, auch wenn Moritz im entscheidenden Moment die Mitwirkung versagt hatte.

Sie beschloss, nach Hause zu fahren. Ihre Mutter hatte schon wieder viel zu lange auf David aufgepasst.

Annemarie hatte ihr Kommen nicht bemerkt. Sie saß am Küchentisch, hatte sich Kopfhörer übergestülpt und hielt ein kleines Aufnahmegerät in den Händen. *»Nin hau ma …«*, sagte sie akzentuiert. Offenbar lernte sie chinesische Floskeln.

»Hallo!«, grüßte Charlotte und zog im Gehen ihre Jacke aus.

*»… hai ode schü?«*, fuhr ihre Mutter mit den Sprachübungen fort.

Charlotte legte ihr die Hand auf die Schulter und wiederholte: »Hallo.«

Annemarie schrak zusammen und nahm die Kopfhörer ab. »Ha, ich hab dich gar nicht gehört!«

»Und? War alles in Ordnung?«, fragte Charlotte, legte ihre Jacke ab und griff sich eine Tasse.

Ihre Mutter lächelte weise, nahm ihre Umhängetasche vom Stuhl neben sich und stopfte ein Lehrbuch, das Aufnahmegerät und die Kopfhörer hinein. »Bei mir schläft er immer durch«, sagte sie mit großmütterlichem Stolz. Charlotte glaubte allerdings auch leisen Triumph herausgehört zu haben.

»Du hast ihn aber nicht schreien lassen, oder?«, fragte sie, und ihre Stimme klang eine Spur skeptisch.

Annemarie war aufgestanden und sah ihrer Tochter zu, die sich Tee einschenkte. »Was hab ich dir bloß getan, dass du mich für ein Ungeheuer hältst?«, beschwerte sie sich und nahm ihr Tuch, das über der Stuhllehne hing.

»Willst du nicht hier übernachten?«, fragte Charlotte überrascht.

»Du, ich bin noch verabredet«, wehrte Annemarie ab. Sie schien zur Straße zu lauschen.

»Wie? Mit wem?« Charlotte sah ihre Mutter ungläubig an.

Vor der Haustür erklang zweimal eine Hupe.

Annemarie wandte sich zur Tür und hastete hinaus. »Tschüss!«, rief sie Charlotte statt einer Erklärung zu.

»Tschüss!«, erwiderte Charlotte, aber Annemarie hatte die Wohnung schon verlassen.

Neugierig ging Charlotte ans Fenster und lugte auf die Straße. Vor dem Haus stand ein roter Kombi, an dem ein Chinese mit grauen Schläfen, Jeans und Jackett wartete. Er streckte Annemarie die Hand entgegen, deutete eine leichte Verbeugung an und öffnete galant den Wagenschlag.

Charlotte schüttelte auf ihrem Beobachterposten den Kopf. »Die Sprache der Zukunft«, murmelte sie.

## ZWÖLF

Helga Reimann hatte sich in Charlottes Gegenwart immer auffällig um Andrea Klose-Sanders bemüht gezeigt, sie wie eine Glucke behütet und nicht aus den Augen gelassen. Moritz hatte zudem gesagt, dass die alte Frau an jenem denkwürdigen Abend auf der Terrasse, als er seinen Vater blutend auf dem Boden liegen sah, auch dabei gewesen sei. Charlotte hatte Helga Reimann deshalb als Erste zur Zeugenaussage ins Präsidium geladen.

Frau Schmidt-Rohrbach, die Charlotte notgedrungen an den Ermittlungen beteiligen musste, saß nun mit ihr im Verhörraum, während sie selbst die Vernehmung hinter dem nur einseitig blickdichten Spiegel über Lautsprecher verfolgte. Dabei durchforstete sie zwei Kartons mit den Aufschriften »Jürgen Klose-Sanders« und »Albrecht Leimen«. Bitomsky hatte trotz seiner Zweifel für die Beschlagnahme der Unterlagen gesorgt.

Frau Schmidt-Rohrbach hielt eine ihrer berüchtigten Kärtchen in der Hand, während Helga Reimann am Kopfende des Tisches saß, die Hände im Schoß gefaltet hielt und einen nahezu entspannten Eindruck machte.

»Die arme Andrea«, sagte sie mit mitleidsvoller Stimme.

»Wann haben Sie sie zum letzten Mal gesehen?« Frau Schmidt-Rohrbach hatte ihre nassforsche Verhörstimme aufgelegt. Es sollte schneidend klingen, aber Helga Reimann ließ sich dadurch nicht beeindrucken.

»Beim Erntedankfest. Sie war ganz fertig mit den Nerven. Aber dass der Jürgen ihr so viele von diesen Tabletten gegeben hat, ist doch auch nicht richtig, oder? Kein Wunder, dass sie da das Gleichgewicht verloren hat«, antwortete Helga, und der vorwurfsvolle Ton in ihrer Stimme war nicht zu überhören. Charlotte merkte auf. Was wollte sie damit andeuten? Dass Klose-Sanders seine Frau mit zu vielen Medikamenten lebensuntüchtig gemacht hatte?

Ihre Kollegin Schmidt-Rohrbach schickte einen genervten Blick in Richtung des Spiegels und ging nicht auf die Bemerkung ein. »Der Todeszeitpunkt war zwischen fünf Uhr dreißig und sieben Uhr«, las sie von einem anderen Kärtchen ab.

»Sie ist ja schon um halb zehn, zehn nach Hause«, unterbrach Helga sie mit Nachdruck und beugte sich ein wenig in ihre Richtung vor. »Haben Sie denn den Jürgen schon befragt?«

Charlotte überflog weiter den Inhalt der beiden Kartons – persönliche Dinge wie Fotos, Briefe und Urkunden. Plötzlich stockte sie, als ihr ein Sparbuch in die Hände fiel, das auf den Namen »Moritz Zacher« lautete.

»Frau Reimann, ich stelle hier die Fragen«, setzte Frau Schmidt-Rohrbach indessen das Verhör im Nebenraum fort. Ihre Stimme klang pikiert.

»Geht das hier noch lange?« Helga Reimann nahm ihre Tasche, die neben dem Stuhl gestanden hatte, auf den Schoß. »Ich würd gern noch was einkaufen«, tat sie ihr Desinteresse am Verhör kund.

Frau Schmidt-Rohrbach stand auf und ging zur Tür. Sie war gleichermaßen enttäuscht und frustriert. »Das war alles für heute«, erklärte sie mit einem Seufzer, öffnete die Tür und entließ Helga Reimann. Dann kam sie mit raschen Schritten in den Kontrollraum, in dem Charlotte saß, und nahm sich einen Keks vom Teller neben der Kaffeemaschine.

»Was ist denn los mit Ihnen?«, fragte Charlotte erstaunt.

»Die Frau schafft mich«, flüsterte Frau Schmidt-Rohrbach mit vollem Mund.

»Sie sind doch sonst nicht so zimperlich«, sagte Charlotte fast amüsiert.

Frau Schmidt-Rohrbach nahm sich den nächsten Keks. »Weiß nicht. Sie erinnert mich irgendwie an meine Mutter.«

Charlotte lächelte in sich hinein. Dann nahm sie das Sparbuch aus dem Karton und zeigte es der Kollegin. »Das ist interessant.«

»Albrecht Leimen hat Geld für Moritz angelegt«, stutzte Frau Schmidt-Rohrbach, nachdem sie das Sparbuch durchgeblättert hatte.

»Zweihunderttausend Mark. Nicht mal eine Woche nach Zachers Tod«, erklärte Charlotte.

Frau Schmidt-Rohrbach wollte sich einen weiteren Keks in den Mund schieben, hielt aber in der Bewegung inne. »Sie denken – er hat ihm das Geld gestohlen?«, fragte sie stockend.

»Was für ein merkwürdiger Zufall, wenn das nichts miteinander zu tun hätte«, schloss Charlotte die Unterredung. Sie verschwieg Frau Schmidt-Rohrbach, dass sie die Frage nach der Herkunft des Geldes ohne sie aufklären wollte.

Charlotte ließ den Wagen durch das ruhige Wohngebiet rollen, in dem das Landeskriminalamt lag, und trommelte an der Einmündung der Welfenstraße in die Hamburger Allee auf das Lenkrad, weil es ihr viel zu lange dauerte, bis sie freie Fahrt bekam. Am Hauptzollamt bog sie links ab, unterquerte die Eisenbahn und folgte zunächst der Arndtstraße, die in die Schloßwender Straße überging. Am Königsworther Platz bog sie halb links in die Königsworther Straße ein. Zur rechten Hand zogen sich neben dem zur Schnellstraße ausgebauten Zubringer zum Westschnellweg die großen Grünflächen entlang, von denen der Große Herrenhäuser Garten der bekannteste war. Charlotte mochte den lang gestreckten Georgengarten, der zwischen ihrem Standort und dem Großen Garten lag, aber auch den kleineren Welfengarten, der sich hinter der Universität fast ein wenig zu verstecken schien.

Sie überquerte Hannovers Hausfluss, die Leine, den man spätestens seit dem schaurigen Lied über den Massenmörder Haarmann, der »in Hannover an der Leine« seinem mörderischen Tun nachgegangen war, überall kannte. Kurz darauf passierte sie die Ihme und das seinerzeit als städtebauliche Innovation hochgelobte Ihmezentrum, das sich inzwischen leider zu einem sozialen Brennpunkt entwickelt hatte.

Mit einem Seitenblick nahm sie das lebhafte Treiben in der Limmerstraße wahr, die auf ein paar Metern zur Fußgängerzone gestaltet worden und mit ihrem bunten und vielfältigen Angebot an kleinen Geschäften wohltuend anders war als die uniformen Innenstädte mit den überall gleichen Läden der großen Ketten.

In der tristen Siedlung, in der Regina Zacher und ihr Sohn wohnten, herrschte dagegen fast bedrückende Ruhe.

Zu Charlottes Überraschung war die Wohnungstür nur angelehnt. In der Wohnung selbst war es dunkel, die Vorhänge waren zugezogen.

»Frau Zacher?«, rief Charlotte.

»Hier«, antwortete Regina. Die Stimme klang dünn und müde und kam aus dem Wohnzimmer.

Regina Zacher lag mit dem Rücken zur Tür auf dem Sofa. Als Charlotte eintrat, drehte sie sich halb zu ihr um.

»Was ist los? Kann ich Ihnen helfen?« Charlotte war im Türrahmen stehen geblieben und wartete, bis sich ihre Augen an das Halbdunkel im Zimmer gewöhnt hatten.

»Migräne.« Regina Zacher winkte ab, machte aber einen leidenden Eindruck.

Charlotte konnte keine Rücksicht auf den Zustand der Frau nehmen. »Warum hat Albrecht Leimen Ihrem Sohn so viel Geld hinterlassen?«, fragte sie und sah Regina Zacher unverwandt an. »Es gibt ein Sparbuch auf seinen Namen. Angelegt am 19. August 1996.«

Regina Zacher hob den Kopf ein wenig. »Davon weiß ich nichts«, erwiderte sie.

Charlotte trat einen Schritt näher an das Sofa heran. »Aber Sie wussten, dass er Moritz' Vater ist?«

Regina Zacher drehte sich auf den Rücken und fasste sich mit der linken Hand an den Kopf. Sie stöhnte leise.

»Woher kommt das Geld?«, hakte Charlotte nach. Sie wartete auf eine Antwort, aber Regina Zacher schwieg. »Sie haben gesagt, Ihr Mann hätte alles mitgenommen. Aber Ihr Mann ist tot.« Sie beobachtete die Frau, die mit geschlossenen Augen auf dem Sofa lag, sich den Kopf hielt und hörbar atmete. »Sind die zweihunderttausend Mark von ihm?«, setzte sie nach.

»Zweihundert?« Es klang ungläubig, als Regina Zacher bitter auflachte. »Es waren über sechshunderttausend«, sagte sie.

»Woher hatte er so viel Geld?«, wollte Charlotte wissen.

»Er hat im Lotto gewonnen«, sagte Regina Zacher mit einem Schulterzucken. »Eigentlich wir alle.« Sie legte eine Pause ein, bevor sie fortfuhr. »Aber der Schein war auf seinen Namen ausgestellt, und Helmut fand, das Geld stehe ihm allein zu.« Erneut unterbrach sie sich für einen Moment. »Weil wir ihn doch allesamt betrogen hätten«, ergänzte sie schließlich.

»Wie hat er das gemeint?«, fragte Charlotte.

Regina Zacher sah Charlotte an. »Weil alle außer ihm es doch gewusst hätten, das mit mir und Albrecht«, gestand sie.

Charlotte stemmte ihre Hände in die Hüften und ging ein paar Schritte auf Regina Zacher zu. »Und da haben Sie gemeinsam beschlossen, ihn verschwinden zu lassen und das Geld zu teilen.«

Regina Zacher richtete sich mühsam auf und versuchte sich zu setzen. »Glauben Sie im Ernst, ich würde hier wohnen, wenn ich Geld hätte?«, fragte sie und schmiegte sich in die Sofaecke, den Kopf noch immer in die Hände gestützt.

Charlotte nahm unaufgefordert auf dem gegenüberliegenden Sessel Platz. »Erzählen Sie mir, was an dem Abend passiert ist.«

Regina Zacher musterte Charlotte lange, dann traf sie offenbar eine Entscheidung. Stockend begann sie zu berichten.

»Es war an einem lauen Sommerabend in unserem Garten. Den ganzen Tag über hatten wir schönes Wetter gehabt, und auch nach Einbruch der Dunkelheit herrschten noch angenehme Temperaturen. Wir hatten mit einigen anderen Gartenfreunden eine Abschiedsparty arrangiert.«

Regina Zacher überlegte einen Augenblick. »Andrea und Jürgen Klose-Sanders waren da. Klaus und Helga Reimann. Und Albrecht Leimen natürlich. Die Terrasse hatten wir mit einer Lichterkette geschmückt. Helmut stand am Grill. Sie erinnern sich? Der Grillkamin steht noch heute hinter dem Haus. Albrecht hatte mich ein Stück von den anderen fortgezogen. ›… dass du mit dem Kerl mitwillst‹, sagte er leise zu mir. ›Mach ich ja auch nicht‹, habe ich ihm geantwortet. ›Lass uns doch irgendwo hingehen. Ich werd Schluss machen hier mit dem ganzen Zeugs‹, versuchte mich Albrecht zu überreden.«

Regina Zacher unterbrach sich kurz, atmete tief durch, dann fuhr sie fort.

»Plötzlich wurden wir abgelenkt. Es gab Streit und kam zu einem Gerangel. Helmut fiel hin. Er war zu diesem Zeitpunkt auch schon ein wenig angetrunken. Wie es dazu gekommen war, kann ich nicht sagen, da ich mit dem Rücken zum Grill stand. Klaus Reimann hatte Helmut am Kragen gepackt, und Jürgen Klose-Sanders ist Klaus zu Hilfe geeilt. Andrea ist aus dem Hintergrund gekommen und hat sich dazwischengeworfen. ›Lass ihn los!‹, hatte sie gerufen. Doch sie konnte nicht verhindern, dass Helmut stürzte und benommen auf der Terrasse liegen blieb. Es dauerte eine Weile, bis er sich zu berappeln schien und mit dem Oberkörper hochkam.«

»Und als er da lag? Haben Sie zugeschlagen? Deswegen konnte Moritz mir nicht erzählen, an was er sich erinnert. Weil er mit ansehen musste, wie Sie Ihren Mann erschlagen haben.« Charlotte versuchte, die Erinnerungen des Sohnes in Einklang mit Reginas zu bringen, die Übereinstimmungen zu erkennen, aber auch die Unterschiede in den beiden Erzählungen.

»Ich wollte. Ich hab den Spaten genommen …«, fuhr Regina Zacher fort.

An dieser Stelle hatte Moritz seinen Bericht abgebrochen und versucht, sich abzuwenden. Trotz aller Bemühungen Charlottes hatte er nicht weitererzählt.

»Aber ich hab das nicht geschafft. Dann lief ich weg, so schnell ich konnte.«

Charlotte sah Regina Zacher an, dass es ihr schwerfiel, von den Ereignissen dieses verhängnisvollen Abends zu berichten.

»Erst als ich zu Hause war, fiel mir auf, dass ich Moritz dagelassen hatte«, fuhr sie fort.

»Sie sind noch mal zurück zur Laube?«, fragte Charlotte.

»Nein«, antwortete Regina mit matter Stimme. Es wirkte ein wenig theatralisch, als sie ihre Fingerspitzen an die Stirn legte und den Kopf zur Seite neigte. »Ich weiß auch nicht, warum. Ich hab mich zu Hause einfach ins Bett gelegt und geschlafen.«

Charlotte betrachtete sie aufmerksam, ohne sie zu unterbrechen.

»Am nächsten Morgen brachte mir dann Albrecht das Kind. Bevor er in der Tür stand, wusste ich nicht einmal, ob ich Moritz je wiedersehen würde. Helmut wollte ihn ja mitnehmen. Ist das nicht furchtbar?«

»Wer hat Ihren Mann erschlagen?«, stellte Charlotte die entscheidende Frage.

»Ich weiß es nicht«, erwiderte Regina Zacher fast gleichgültig, bevor sie ihre eigentliche Sorge offenbarte: »Das Schlimme ist doch, dass ich Moritz da vergessen habe.«

***

Charlotte ärgerte sich, dass sie noch immer keinen Schritt weitergekommen war. Sie glaubte Regina Zacher, dass sie ihren Mann nicht erschlagen hatte. Und deren Schilderung, dass ihre größte Sorge trotz der schlimmen Ereignisse an dem Abend ihrem Kind gegolten hatte, war nicht ohne Wirkung auf sie geblieben. Sie war auf dem schnellsten Weg nach Hause gefahren; jetzt kniete sie auf der Wolldecke, die Martin in seinem Arbeitsbereich auf dem Fußboden ausgebreitet hatte. David lag auf dem Rücken und spielte hingebungsvoll unter dem Trapez, das Martin so platziert hatte, dass die Figuren in Reichweite seiner kleinen Hände waren.

Charlotte beugte sich über ihren Sohn und nahm ihn auf den Arm. »Ja, mein Schatz«, sagte sie neckend. »Na, kennst du die Mama noch?« Sie drückte ihn liebevoll gegen ihre Brust. »Kennst du die Mama noch?«, wiederholte sie.

»Mütter sind für Söhne gar nicht so wichtig«, meldete sich Martin zu Wort, der an seinem Schreibtisch in der Ecke des Raumes saß und sich Notizen auf kleinen rosafarbenen Kärtchen machte. »Jungs brauchen männliche Vorbilder«, erklärte er.

Charlotte stand auf und wiegte David sanft hin und her. »*Das* stand im Mütter-Chat?«, fragte sie erstaunt.

»Ich bin jetzt im Väter-Chat, und das ist hochinteressant.«

Charlotte grinste amüsiert. Martin engagierte sich wirklich mit bewundernswerter Hingabe. Aus der Ferne warf sie einen Blick auf einen zusammengehefteten Papierstapel.

*»Satan's lust for blood«,* las sie die Überschrift laut ab. »Ist das die Übersetzung für dein Buch?«

»Stell dir vor!« Martin nahm den Stapel und warf ihn achtlos neben sich auf den Fußboden. Empörung lag in seinem Blick, als er Charlotte ansah. »Die haben den Titel einfach geändert!«

Charlotte nickte. Der Titel klang ziemlich reißerisch. Sie verstand, dass Martin ihn nicht mochte.

»Ach übrigens«, fiel ihm noch ein. »Frau Schmidt-Rohrbach hat angerufen. Sie hat irgendwelche Neuigkeiten wegen der Fußspuren für dich.« Dann konzentrierte er sich wieder auf seine Karteikarten und setzte seine Aufzeichnungen fort.

»Warum ruft sie mich nicht auf meinem Handy an?«, fragte Charlotte erstaunt und griff vorsichtig nach Davids Händchen, das sich im Ausschnitt ihres Pullovers festgeklammert hatte.

»Sie hat gewusst, dass du irgendwann nach Hause kommst. Und wir haben sowieso telefoniert«, sagte Martin.

»Du weißt aber schon, dass sie verheiratet ist?«, konnte sich Charlotte die kleine Spitze nicht verkneifen.

Martin sah auf. »Verheiratet? Wieso?«

»Na, Schmidt Bindestrich Rohrbach, das sind zwei Namen.« Charlotte hatte den Bindestrich mit der rechten Hand in die Luft gezeichnet, um ihren Worten Nachdruck zu verleihen.

Martin focht das nicht an. Ungerührt setzte er seine Notizen auf den Karteikärtchen fort. »Den hat sie von ihren Eltern übernommen. So etwas gibt's.«

Er bekam nicht mit, dass Charlotte ihm einen langen nachdenklichen Blick zuwarf und schließlich zu ihrem Handy griff.

***

Charlotte wäre gern noch bei ihrem Sohn geblieben. Aber Martins Hinweis, dass sich ihre Kollegin mit einer neuen Information gemeldet hätte, hatte ihr keine Ruhe gelassen. Eilig war sie ins Landeskriminalamt gefahren. Zu ihrer Überraschung lag dort bereits ein Fax für sie vor. Sie überflog es kurz und machte sich anschließend auf die Suche nach Frau Schmidt-Rohrbach.

Sie entdeckte sie vor dem Fahrstuhl; die Kollegin war auf dem Weg zu einer weiteren Vernehmung von Jürgen Klose-Sanders. Die Information aus dem Fax würde dafür von großer Bedeutung sein.

»Vor seiner Hochzeit mit Andrea hieß Jürgen ›Kramer‹ und ist am 17.8., also genau drei Tage nach der Einreise, der *angeblichen* Einreise von Helmut Zacher von Toronto aus nach Deutschland geflogen«, zitierte Charlotte aus dem Fax und gab sich keine Mühe, ihre Verstimmung über die ihrer Meinung nach unvollständige Ermittlungsarbeit von Frau Schmidt-Rohrbach zu verhehlen. »Bitte.«

Sie hielt der Kollegin das Fax hin. »Einen Hinflug auf seinen Namen gab es nicht.«

Die beiden Frauen gingen mit raschen Schritten durch den Flur, jetzt blieb Frau Schmidt-Rohrbach abrupt stehen und warf einen erstaunten Blick auf das Papier.

»Ich bin so blöd!«, bekannte sie.

Charlotte, die weitergegangen war, stutzte plötzlich. Sie kehrte zu Frau Schmidt-Rohrbach zurück und riss ihr das Papier förmlich aus der Hand. »Wie hat er das mit dem Visum gemacht?«, fragte sie mehr sich selbst. »Ich meine, das fällt doch auf, wenn er keins hat.«

Sie betraten den Verhörraum; Klose-Sanders saß bereits am Tisch. Er wirkte nervös; das leuchtend orangefarbene Hemd ließ ihn noch blasser erscheinen.

Frau Schmidt-Rohrbach war bemüht, ihren Fehler wiedergutzumachen. »Sie haben am 15.8. Ihre Papiere als gestohlen gemeldet und von den Behörden in Toronto einen vorläufigen Pass bekommen«, konfrontierte sie Jürgen Klose-Sanders mit dem neuesten Stand der Ermittlungen.

»Ja ...«, gab er sofort zu. Sein Atem ging stoßweise. »Aber ich hab Zacher nicht getötet.« Eine Spur Entsetzen zeigte sich in seinem Gesicht. Hilflos zuckte er mit den Schultern. Dann holte er tief Luft und sagte: »Helga Reimann war's.«

Frau Schmidt-Rohrbach war vom Geständnis des Lehrers überrascht. Sie wechselte einen raschen Blick mit Charlotte, die im Raum auf und ab ging.

»Sie hat die Schaufel genommen, nachdem Regina sie weggelegt hatte«, setzte Klose-Sanders den Bericht vom Tattag an der Stelle fort, an der Regina Zacher mit ihrer Flucht aus der Laubenkolonie geendet hatte.

»Und warum haben Sie Helga Reimann gedeckt?«, fragte Charlotte.

Bevor der Lehrer antworten konnte, fügte Frau Schmidt-

Rohrbach an: »Warum haben Sie Ihre Frau umgebracht, wenn Sie unschuldig waren?«

»Ich hab's nicht getan«, versuchte Klose-Sanders seine Unschuld zu beteuern.

»Wir haben im Blut Ihrer Frau eine hohe Dosis Beruhigungsmittel gefunden«, hielt ihm Frau Schmidt-Rohrbach ein weiteres Ermittlungsergebnis vor.

»Helga hat mir die Pillen besorgt«, erklärte Klose-Sanders.

»Helga Reimann hat auch Ihre Frau umgebracht?«

Jürgen Klose-Sanders sah Charlotte an, die diese Frage eingeworfen hatte. »Ich ... ich weiß es nicht«, stammelte er hilflos. »Aber sie hat ständig Druck gemacht, ich soll dafür sorgen, dass Andrea nicht so viel redet.«

»Na, das haben Sie dann ja auch.«

Frau Schmidt-Rohrbachs Einwand traf Jürgen Klose-Sanders tief. »Nein! Ich wollte doch nur, dass ihre Angst aufhört.« Seine Stimme klang weinerlich.

»Die Fußspuren neben der Leiter stammen von Ihren Gummistiefeln. Alle Fakten sprechen gegen Sie. Warum sollen wir Ihnen glauben?«, konfrontierte Frau Schmidt-Rohrbach ihn mit dem nächsten Indiz.

Charlotte hatte den Blick auf den Gipsabdruck gesenkt, den die Spurensicherung im Garten des Lehrerehepaars genommen hatte. Sie nahm ihn in die Hand und betrachtete ihn nachdenklich. Er war an der Spitze weniger stark ausgeprägt. Dann sah sie Jürgen Klose-Sanders an, bevor er von einem Uniformierten abgeführt wurde.

Sie wechselten in den Nebenraum über.

»Ich versteh nicht, warum er nicht endlich gesteht.« Frau Schmidt-Rohrbach rieb sich den Nacken, als hätte sie dort Verspannungen festgestellt.

»Um die Gegenwart verstehen zu können, muss man in die Vergangenheit schauen«, sagte Charlotte.

»Bitte?«, fragte Frau Schmidt-Rohrbach überrascht.

»Ist doch aus Ihrem Lieblingsbuch. ›Der satanische Kreis‹. Steht gleich auf der ersten Seite«, konnte sich Charlotte die Spitze nicht verkneifen. Dann verließ sie, ohne eine weitere Reaktion abzuwarten, den Raum.

***

Die Herbstsonne lachte am Himmel, als würde sie noch einmal zeigen wollen, welche Kraft in ihr steckte, bevor die Unwirtlichkeit des Winters hereinbrach. Bäume und Sträucher ließen an den letzten schönen Tagen des Jahres noch einmal ein üppiges Farbenspiel aufblitzen.

Langsam kroch eine Schnecke über ein sattgrünes Blatt, dessen Rand allerdings schon die ersten welken Stellen aufwies. Die Fühler am Kopf tasteten suchend umher, bevor sie sich ins Innere zurückzogen. Auch wenn sie Helga Reimann wahrgenommen hätten, hätten sie sich nicht dagegen wehren können, von der Hand der alten Frau abgepflückt und in einen Plastikbeutel zu zahlreichen anderen Artgenossen gesteckt zu werden.

Helga Reimann verknotete die Tüte, legte sie auf den Rasen und begann, mit beiden Beinen darauf herumzutrampeln.

Erschrocken fuhr sie zusammen, als sie vom Gartenzaun Charlottes Stimme vernahm.

»Guten Tag! Wir würden Sie gerne einladen.«

Charlotte hatte die Hände in den Tiefen ihres Mantels vergraben. Neben ihr stand Frau Schmidt-Rohrbach, im Hintergrund warteten zwei uniformierte Polizeibeamte.

Helga strauchelte, wischte sich mit der Hand eine Haarsträhne aus der Stirn, bückte sich und warf den Beutel mit den zerquetschten Schnecken in den Müll.

Charlotte hatte das Ehepaar Reimann auf das Zacher'sche Grundstück gebeten, wo bereits Jürgen Klose-Sanders sowie Regina Zacher und ihr Sohn Moritz warteten. Die kleine Gesellschaft hatte sich abwartend auf der Terrasse hinter dem Haus versammelt. Auch Edgar Strelow war anwesend.

»Wir waren schon enttäuscht, dass der Helmut uns unseren Anteil nicht zahlen wollte«, gestand Helga Reimann, nachdem Charlotte sie mit dem konfrontiert hatte, was die Polizei bisher in Erfahrung bringen konnte.

Moritz stand, wie immer in seinem düsteren Ledermantel, an die Hauswand gelehnt, während seine Mutter einen Platz neben Charlotte gewählt hatte.

»Sie haben ihn gemeinsam getötet und das Geld geteilt«, warf Charlotte den Teilnehmern der Gartenparty vor, bei der Helmut Zacher ermordet worden war.

»Wir sind doch keine Killer!«, empörte sich Helga Reimann.

»Das musst du gerade sagen«, warf Jürgen Klose-Sanders hasserfüllt ein, der unweit des Grillkamins stand, in dem Edgar scheinbar teilnahmslos herumstocherte.

»Hör doch auf. Wir wissen doch, dass Albrecht der Letzte war, der geblieben ist, wie wir gegangen sind.« Klaus Reimann sah in die Runde und musterte seine Gartennachbarn, als wollte er sie beschwören.

Doch Jürgen Klose-Sanders ließ sich nicht beschwören. Nach dem Tod seiner Frau schien es für ihn keinen Grund mehr zu geben, zu schweigen.

»Ich mach nicht mehr mit!«, rief er und stürzte sich auf Klaus Reimann, packte den alten Mann am Kragen und schüttelte ihn. »Ihr habt Andrea umgebracht!«, schrie er, während Frau Schmidt-Rohrbach versuchte, dazwischenzugehen und ihn von Reimann abzubringen. Als Edgar sich einschalten wollte, ließ der Lehrer ab und stieß Reimann so heftig von sich, dass der Mühe hatte, das Gleichgewicht zu halten.

»So, ich möchte, dass Sie jetzt alle genau das tun, was Sie am Abend des 13. August 1996 gemacht haben.« Charlotte gestikulierte wie eine Theaterregisseurin, die ihren Darstellern die letzten Anweisungen vor dem großen Finale gibt. »Herr Strelow ist Helmut Zacher«, verteilte sie die erste Rolle und lächelte in sich hinein, als sie sah, wie Edgar überrascht aufmerkte. »Frau Schmidt-Rohrbach, Sie sind Andrea Klose-Sanders.« Ihre Kollegin zerknüllte ein Taschentuch, das sie in Händen hielt und mit dem sie sich aufgeregt die Nase abgetupft hatte. Charlotte sah Frau Reimann an. »Helga ... Sie erzählen uns, was genau passiert ist.«

Helga Reimann zuckte mit den Schultern, dann begann sie zu berichten. Sie schilderte die Szene im Garten, die bunte Lichterkette, das vordergründig fröhliche Miteinander der Partygäste.

»Helmut Zacher stand am Grill. Jürgen«, sie warf einen Seitenblick auf den Lehrer, »war ihm auf die Pelle gerückt. Er bedrängte ihn förmlich und redete auf ihn ein. ›Jürgen, frag ihn, wo unser Geld ist‹, rief mein Mann aus dem Hintergrund und trat zu den beiden.«

Helga sah ihren Mann an, bevor sie fortfuhr.

»›Wir wollten doch teilen, oder? Wir haben doch abgemacht ...‹, sagte Jürgen zu Helmut. Währenddessen standen Regina und Albrecht Leimen ein wenig abseits. Dort.« Helga zeigte auf die Stelle unter dem Vordach nahe der Tür der Laube, wo sich jetzt Charlotte befand. »Sie hörten uns gar nicht zu. Ich erinnere mich noch genau, wie Regina lächelte. Es war fast ein glückliches Lächeln.«

Sie hielt kurz inne, dann berichtete sie weiter.

»Klaus war zornig geworden. Er schrie das heraus, was

wir alle dachten: ›Wir haben abgemacht, dass …‹ Helmut hatte sich umgedreht, Jürgen einen Stoß versetzt und war auf Klaus losgegangen. ›Ihr habt mich alle betrogen …!‹, rief er, dann stieß er meinen Mann vor die Brust. Ich wollte dazwischengehen und nahm Klaus das Bierglas ab, das er noch in Händen hielt.«

Helga Reimann unterstrich ihre Erzählungen jetzt mit lebhaften Gesten. Dabei zeigte sie auf jene Stellen der Terrasse, an der die Beteiligten damals gestanden hatten.

»Es kam zu einem Streit. Helmut ist auf den Klaus los. Wenn der Jürgen nicht dazwischengegangen wäre, dann gnade Gott.«

Edgar, dem die Rolle Helmut Zachers zugefallen war, packte Klaus Reimann am Revers.

»Machen Sie das bitte mal?«, forderte Charlotte den Lehrer auf, der die Rekonstruktion stumm verfolgte.

Jürgen Klose-Sanders nickte geistesabwesend, nahm Edgar zaghaft am Oberarm und schob ihn vorsichtig zur Seite.

»Und dabei ist Helmut Zacher gestürzt?«, fragte Charlotte in die Runde.

»Ja«, bestätigte Helga Reimann, während Edgar sich auf den Boden legte.

Vor Charlottes geistigem Auge tauchte das Bild auf, wie der wesentlich kräftigere Helmut Zacher krachend zu Boden stürzte. Jürgen Klose-Sanders hatte ihn mit Sicherheit ganz anders als mit den eben gezeigten vorsichtigen Berührungen angefasst.

»Die Regina hatte Angst, dass der Helmut ihr das Kind wegnimmt und nach Kanada entführt«, setzte Helga Reimann ihren Bericht fort. »Als der Helmut sich plötzlich wieder regte, hat sie sich den Spaten genommen.«

Die Anwesenden wurden kurz abgelenkt, als Edgar sich wieder aufrappelte. Charlotte griff sich den an der Wand lehnenden Spaten und drückte ihn Regina Zacher in die Hand. Sie nahm ihn zögerlich entgegen.

Charlotte hörte nun schon die vierte Version ein und derselben Begebenheit. Und jede Version unterschied sich von der anderen. Das Erinnern war wirklich etwas Erstaunliches. Doch welche Version entsprach der Wahrheit?

»Aber ich hab nicht zugeschlagen, sondern Helga den Spaten in die Hand gedrückt. Ich bin weggelaufen«, wiederholte Regina Zacher das, was sie Charlotte schon berichtet hatte.

»Albrecht Leimen ist ihr hinterher«, fuhr Helga Reimann fort. »›Regina! Regina!‹, hat er dabei gerufen. Und plötzlich stand das Kind auf der Terrasse. Keiner von uns hatte mitbekommen, dass Moritz durch den Lärm wach geworden und heruntergekommen war. Regina ist weg. *Ohne* das Kind!« Den letzten Satz hatte Helga Reimann voller Empörung ausgestoßen.

Regina Zacher hatte Helgas Erinnerungen wortlos verfolgt. Jetzt gab sie den Spaten an Charlotte zurück und lehnte sich neben ihren Sohn an die Wand.

Es herrschte atemlose Stille. Charlotte hielt den Spaten am Stiel umklammert, dann reichte sie ihn an Helga Reimann weiter.

Klaus Reimann machte einen halben Schritt auf seine Frau zu. »Helga. Nicht«, sagte er mit Bestimmtheit.

Moritz legte seinen Arm um die Schulter seiner Mutter und zog sie zu sich heran, als würde er endlich die Nähe finden, die er lange gesucht hatte.

»Der Jürgen war's doch. Der Jürgen hat den Helmut erschlagen«, sagte Klaus Reimann. Seine Stimme wurde immer lauter.

Der Lehrer stand fassungslos da. Entsetzen spiegelte sich in seinen Augen. Immer wieder schüttelte er den Kopf, ohne einen Ton von sich zu geben.

Helga hielt den Stiel des Spatens mit beiden Händen umklammert. Ihr Gesicht war fahl geworden. »Das war reine Notwehr. Einer musste was machen.«

Vor Charlotte tauchten die Bilder aus der Vergangenheit auf. Sie sah die kleine Gesellschaft, Andrea und Jürgen Klose-Sanders, Helga und Klaus Reimann. Regina Zacher und Albrecht Leimen gehörten nicht mehr dazu. Und am Boden lag Helmut Zacher, benommen vom Sturz auf die Betonplatten der Terrasse. Er rappelte sich hoch und stützte sich mit beiden Händen auf dem Boden ab. Einer plötzlichen Eingebung folgend hob Helga Reimann den Spaten und schlug zu. Dann ließ sie den Spaten fallen und fasste sich mit beiden Händen an den Kopf, als wäre ihr erst jetzt bewusst geworden, was sie getan hatte. Entsetzen machte sich auf den Gesichtern der Anwesenden breit. Besonders Andrea Klose-Sanders stand unter Schock.

Ja, dachte Charlotte, so kann es gewesen sein.

Das Entsetzen war zurückgekehrt – womöglich war es nie gewichen – und hatte die damals an der Tat Beteiligten erneut erfasst. Niemand wagte sich zu rühren, bis Edgar, der die Rolle des Opfers übernommen hatte, sich vom Boden erhob und in den Hintergrund zum Grill schlich. Frau Schmidt-Rohrbach war ihm gefolgt und griff mit den Händen ein Bratwürstchen vom Grill.

»Als er dann tot war, haben wir uns gegruselt. Nur der Albrecht nicht«, sagte Helga Reimann schließlich leise, »… der hat sich drum gekümmert.«

»Niemand wollte ihn auf seinem Grundstück haben.« Klaus Reimanns Erklärung klang wie eine Entschuldigung. »Da haben wir seine Parzelle behalten.«

»Und das Geld?«, fragte Charlotte und sah kurz zu ihrer Kollegin, die hastig von dem Würstchen abbiss. Meine Güte, musste das jetzt sein?

»Das haben wir gerecht aufgeteilt. Auf Heller und Pfennig. Jeder bekam seinen Anteil.« Klaus Reimann wirkte wie ein Biedermann, der über eine »gerechte Sache« sprach, der davon berichtete, dass alles korrekt abgewickelt worden sei.

»Ach ja?«, meldete sich Regina Zacher voller Bitternis aus dem Hintergrund. Sie stand immer noch an die Hauswand gelehnt, in den Arm ihres Sohnes gekuschelt, den er schützend um sie gelegt hatte.

»Der Albrecht hat das Geld angelegt. Für den Jungen. Wir mochten ihm einfach nicht sagen, dass der Helmut tot ist. Aber ich hab's auch als Mutter getan. Für dich, als Mutter von dem Moritz.« Helga Reimann wirkte selbstgerecht, als sie zu begründen versuchte, weshalb der Mord an Helmut Zacher die einzige denkbare Lösung gewesen war, weshalb sie all die Jahre keine Reue für die Bluttat empfinden konnte.

»Und für das Geld.« Regina Zacher sah aus, als würde sie plötzlich frieren.

»Du warst doch froh, dass du den Helmut los warst! Du hast ja auch nie gefragt, warum er den Moritz nicht einfach mitgenommen hat«, empörte sich Helga Reimann. Für sie schien der Mord keine Untat gewesen zu sein, sondern eine Erlösung von dem, was Helmut Zacher nicht nur seiner Frau, sondern auch den Mitgewinnern des Lottospiels zugemutet hatte.

»Wir waren eine gute Gemeinschaft all die Jahre«, bemühte sich Klaus Reimann seine Frau zu unterstützen. »Das hat uns zusammengeschweißt.«

»Bis Andrea Klose-Sanders reden wollte. Weil sie es nicht mehr aushielt.« Charlotte nahm Helga Reimann den Spaten aus der Hand. Sie dachte an die Kunstlehrerin, die ihre Angst nicht mehr verbergen konnte und sich ihr hatte anvertrauen wollen. Welche Höllenqualen musste sie all die Jahre durchlebt haben, immer in Sorge vor der Entdeckung, stets die grauenvollen Bilder vor Augen, wie der wehrlose Helmut Zacher erschlagen wurde?

Während Charlotte den Spaten wieder an die Hauswand stellte, drängte sich Helga an ihren Mann, als würde sie dort Schutz suchen.

»Andrea hat auch profitiert von dem Geld«, erklärte die alte Frau immer noch ohne jede Gefühlsregung.

»Du wusstest, dass Andrea vor der Schule immer an ihren Skulpturen arbeitet. Du hast sie umgebracht!«, rief Jürgen Klose-Sanders aufgewühlt.

Helga war immer noch erstaunlich ruhig. »An dem Morgen war ich gar nicht hier im Garten. Ich lass mir das nicht in die Schuhe schieben«, erwiderte sie nahezu emotionslos.

»Die Spuren von den Gummistiefeln sahen seltsam unregelmäßig aus. So als wären sie jemandem zu groß gewesen«, sagte Charlotte. »Da fiel mir ein, dass ja jeder Zugriff auf die Stiefel hatte«, fuhr sie fort.

Frau Schmidt Rohrbach hatte die Bratwurst inzwischen aufgegessen und leckte sich die Finger ab. »Wir haben in Herrn Klose-Sanders' Stiefeln Fasern gefunden«, sprach sie Helga Reimann von hinten an, die sich erschrocken umdrehte. »Sie stimmen überein mit dem Innenfutter Ihrer Stiefel.« Sie nahm sich eine neue Bratwurst.

Urplötzlich veränderte sich Helga Reimanns Gesichtsausdruck, wurde hilflos, weinerlich. Langsam drehte sie sich zu ihrem Mann um und schmiegte sich an ihn.

»Helga!« Klaus Reimann sah seine Frau entsetzt an.

»Andrea hätte alles zerstört. Einer musste was machen, nicht wahr?«, sagte Charlotte und strich sich eine Strähne aus dem Gesicht. »Wie haben Sie's getan?«

Die alte Frau zögerte zunächst, dann nickte sie kurz. Ihr war anzusehen, dass sie aufgegeben hatte. Leise begann sie zu sprechen:

»Als der Junge an dem Abend im Vereinshaus auftauchte, wusste ich, dass Andrea keine Ruhe geben würde.«

»Du hast sie von der Leiter gestoßen!«, fuhr Jürgen Klose-Sanders dazwischen.

»Nein!«, schrie Helga heraus. »Der Junge hatte diese Maske. Diese Teufelsfratze«, fuhr sie ruhiger fort.

Instinktiv drehte sich Charlotte zu Moritz um, der seine Mutter noch fester umarmte und an sich drückte.

»Die hat er liegen lassen, wie er gegangen ist«, berichtete Helga weiter.

»Sie haben sie zu Tode erschreckt?« Charlottes Frage klang wie eine Anklage.

»Ich brauchte nur mit der Maske in den Garten zu kommen, und schon verlor Andrea das Gleichgewicht. Das ist doch kein Mord.« Helga Reimann zuckte mit den Schultern und bereitete die Arme in einer Geste aus, die bekunden sollte, dass sie sich unschuldig fühlte.

»Sie hat verzweifelt versucht, sich an der Leiter festzuhalten«, hielt ihr Charlotte entgegen, die ebenso wie die anderen Beteiligten über die Kaltblütigkeit Helga Reimanns schockiert war. »Sie haben zugeschaut, bis sie gefallen ist!«

***

Charlotte fühlte sich nicht wohl, als das Ehepaar Reimann und Jürgen-Klose-Sanders von den beiden uniformierten Polizisten aus dem Zacher'schen Garten geführt wurden, vorbei an Frau Schmidt-Rohrbach, die immer noch einen Bratwurstzipfel in der Hand hielt.

Charlotte folgte der Prozession. Als sie ihre Kollegin passierte, verharrte sie kurz. Ihr lag eine Bemerkung auf den Lippen, aber sie schluckte sie herunter. Stattdessen riss sie Frau Schmidt-Rohrbach den Rest der Grillwurst aus der Hand, warf ihn zur Seite und setzte ihren Weg fort. Die Kollegin sollte dringend an der Beziehung zu ihrer Mutter arbeiten.

Auf dem Parkplatz blieb sie für einen Moment vor ihrem Auto stehen und holte tief Luft. Als sie von hinten angesprochen wurde, zuckte sie erschrocken aus ihren Gedanken hoch und drehte sich um.

»In einer Viertelstunde bei Luigi«, sagte Edgar mit sanfter Stimme.

Charlotte lächelte ihn an. »Ich fürchte, das geht nicht.«

»Das kennen Sie doch, oder?«, blieb Edgar hartnäckig, wandte sich ab und ging zu seinem Motorrad. Bevor er die Maschine erreichte, drehte er sich noch einmal um und lächelte.

Charlotte lächelte beklommen zurück. Dann angelte sie ihr Handy aus der Tasche.

»Felser«, meldete sich Martin.

»Ja, ich bin's. Ich wollt nur mal hören, wie es meinem Knöpfchen geht.«

»Du, das ist jetzt schlecht, ich wickel ihn gerade.«

»Was?«, fragte Charlotte erstaunt gegen das Knattern von Edgars startendem Motorrad an.

»Ja, ich hab im Väter-Chat etwas Interessantes gefunden. Da steht: ›Alles ist möglich. Es ist nur eine Frage der inneren Haltung‹«, entgegnete Martin, und Charlotte vernahm deutlich den Stolz in seiner Stimme.

»Aha!«, sagte Charlotte und legte auf.

Vielleicht sollte sie ihre innere Haltung noch einmal überprüfen.

Lächelnd gestattete sie ihren Gedanken, eine Viertelstunde vorauszueilen, zu Luigi, wo Edgar auf sie wartete.

Das Erste

rbb
RUNDFUNK BERLIN-BRANDENBURG

Oliver G. Wachlin
**BLINDER GLAUBE**
Kriminalroman nach der gleichnamigen
ARD-Serie »Tatort«
© Das Erste / Rundfunk Berlin-Brandenburg (rbb)
Agentur: WDR mediagroup licensing GmbH
Nach dem Tatort-Krimi von Andreas Pflüger
Broschur, 160 Seiten
ISBN 978-3-89705-660-2

*»Hitverdächtig. Auf die Bestsellerverfilmung folgt nun die Quotenhitverschriftlichung.«* tvmedia

mdr

Oliver G. Wachlin
**TODESSTRAFE**
Kriminalroman nach der gleichnamigen
ARD-Serie »Tatort«
© Das Erste / MDR, Lizenz durch Telepool GmbH
Agentur: WDR mediagroup licensing GmbH
Nach dem Tatort-Krimi von Mario Giordano
und Andreas Schlüter
Broschur, 176 Seiten
ISBN 978-3-89705-665-7

*»Der gelungene Einstieg eines neuen Teams.«*
Kriminalakte

radio**bremen**

Christoph Ernst
**STRAHLENDE ZUKUNFT**
Kriminalroman nach der gleichnamigen
ARD-Serie »Tatort«
© Das Erste / Radio Bremen
Agentur: WDR mediagroup licensing GmbH
Nach dem Tatort-Krimi von Christian Jeltsch
Broschur, 160 Seiten
ISBN 978-3-89705-666-4

*»Eine spannend präsentierte Story mit Aktualitätsbezug, Action und einem unvorhersehbaren Final-Twist.«* www.buchwurm.de

Das Erste

WDR

Martin Schüller
**DIE BLUME DES BÖSEN**
Kriminalroman nach der gleichnamigen
ARD-Serie »Tatort«
© Das Erste, WDR
Agentur: WDR mediagroup licensing GmbH
Nach dem Tatort-Krimi von Thomas Stiller
Broschur, 160 Seiten
ISBN 978-3-89705-658-9

*»Viel mehr als eine bloße Drehbuch-Niederschrift: fesselndes Kopfkino für ›Tatort‹-Fans!«* Hörzu

BR

Martin Schüller
**A GMAHDE WIESN**
Kriminalroman nach der gleichnamigen
ARD-Serie »Tatort«
© Das Erste / BR, Lizenz durch Telepool GmbH
Agentur: WDR mediagroup licensing GmbH
Nach dem Tatort-Krimi von Friedrich Ani
Broschur, 160 Seiten
ISBN 978-3-89705-664-0

*»Die Sympathie für die kleinen Leute schimmert in der Romanfassung vielleicht sogar etwas stärker als im Film durch. Ein guter Krimi.«* Kriminalakte

SR

Martin Conrath
**AUS DER TRAUM ...**
Kriminalroman nach der gleichnamigen
ARD-Serie »Tatort«
© Das Erste / Saarländischer Rundfunk
Agentur: WDR mediagroup licensing GmbH
Nach dem Tatort-Krimi von Fred und
Léonie-Claire Breinersdorfer
Broschur, 176 Seiten
ISBN 978-3-89705-661-9

*»Die Charaktere werden plastisch gezeichnet.«*
Kriminalakte

Das Erste

NDR

Hannes Nygaard
**ERNTEDANK**
Kriminalroman nach der gleichnamigen
ARD-Serie »Tatort«
© Das Erste / NDR, lizenziert durch Studio Hamburg Distribution & Marketing GmbH
Agentur: WDR mediagroup licensing GmbH
Nach dem Tatort-Krimi von Angelina Maccarone
Broschur, 176 Seiten
ISBN 978-3-89705-659-6

SWR

Susanne Kraft
**SEENOT**
Kriminalroman nach der gleichnamigen
ARD-Serie »Tatort«
© Das Erste / Südwestrundfunk (SWR),
lizenziert durch SWR Media Services GmbH
Agentur: WDR mediagroup licensing GmbH
Nach dem Tatort-Krimi von Dorothee Schön
Broschur, 208 Seiten
ISBN 978-3-89705-663-3

SWR

Martin Conrath
**VERMISST**
Kriminalroman nach der gleichnamigen
ARD-Serie »Tatort«
© Das Erste / Südwestrundfunk (SWR).
lizenziert durch SWR Media Services GmbH
Agentur: WDR mediagroup licensing GmbH
Nach dem Tatort-Krimi von Christoph Darnstädt
Broschur, 160 Seiten
ISBN 978-3-89705-735-7

Das Erste

WDR

Martin Schüller
**MOLTKE**
Kriminalroman nach der gleichnamigen
ARD-Serie »Tatort«

Agentur: WDR mediagroup licensing GmbH
Nach dem Tatort-Krimi von Axel Götz,
Jan Hinter und Thomas Wesskamp
Broschur, 160 Seiten
ISBN 978-3-89705-734-0

WDR

Martin Schüller
**TEMPELRÄUBER**
Kriminalroman nach der gleichnamigen
ARD-Serie »Tatort«

Agentur: WDR mediagroup licensing GmbH
Nach dem Tatort-Krimi von Magnus Vattrodt
Broschur, 160 Seiten
ISBN 978-3-89705-733-3

hr

Uli Aechtner
**BEVOR ES DUNKEL WIRD**
Kriminalroman nach der gleichnamigen
ARD-Serie »Tatort«

Agentur: WDR mediagroup licensing GmbH
Nach dem Tatort-Krimi von Henriette Piper
Broschur, 160 Seiten
ISBN 978-3-89705-662-6

Das Erst
tatort
Deutschlands
erfolgreichst
Krimireihe
Die beliebtesten Ermittler, die besten Fäl
Jetzt überall auf DVD im Handel!
DUISBURG
tatort
SCHIMANSKI-BOX
MÜNSTER
tatort
THIEL/BOERNE-BOX
KIEL
tatort
REIFEZEUGNIS
REGELMÄSSIG NEUE
EINZEL-FOLGEN
UND BOX-SETS –
DAS IDEALE GESCHEN
Ausführliche Infos unter www.tatort.aufdvd.de
© ARD Landesrundfunkanstalten, ORF, SF. Lizenzen durch Bavaria Media GmbH, Degeto Film GmbH, hr Media Lizenz- und Verlagsgesellschaft mbH, rbb media GmbH, Studio Hamburg Distribution & Marketing GmbH, SWR Media Services GmbH, Telepool GmbH und WDR mediagroup licensing GmbH.
BR hr mdr NDR radiobremen rbb SR SWR WDR ORF SF